Bom dia, velhice

José Roberto Moreira de Melo

Bom dia, velhice

José Roberto Moreira de Melo

Edição e revisão: Cláudia Leal Viana.

Capa: Elio Silva.

1ª edição 2023

Dados Internacionais de Catalogação na Publicação (CIP)
(Câmara Brasileira do Livro, SP, Brasil)

Melo, José Roberto Moreira de
Bom dia, velhice / José Roberto Moreira
de Melo. -- 1. ed. -- Nova Lima, MG :
Ed. do Autor, 2023.

ISBN 978-65-00-76303-4

1. Ficção policial e de mistério (Literatura
brasileira) I. Título.

23-166546 CDD-B869.93

Índices para catálogo sistemático:

1. Ficção policial e de mistério : Literatura
brasileira B869.93

Aline Graziele Benitez - Bibliotecária - CRB-1/3129

Para Cláudia Leal,
que sempre traz boas novas.

Só vivo a minha realidade, quando sonho. Só vivo os meus delírios, quando desperto. (Frei Décio)

1.

Eu disse para o Doutor João Paulo, meu médico, que a velhice não passa de um tempo como qualquer outro. Pode ser ruim ou boa, a depender do andar da carruagem. Apesar de revelar o que penso, o Doutor João, pelo jeito, continua preso àquelas ideias idiotas e ultrapassadas dos nossos pais de que, com o passar dos anos, o sujeito vai acumulando intimamente um cabedal de experiências e de pensamentos importantíssimos. Na sua douta opinião, os velhos mais se parecem, na verdade, com garrafas de vinho francês expostas na prateleira, sei lá, algo valioso e solene a ser degustado aos poucos, nunca esse estorvo existencial e essas figuras desnecessárias que os mais novos insistem em desprezar.

E por falar em vinho francês, a ideia de escrever essas anotações nasceu muito mais de um plágio que de qualquer outra coisa. Nasceu também de uma lembrança que brotou sem mais aquela e me acompanhou por um bom tempo. De repente, no meio do nada, lembrei-me de que, anos atrás, uma menina francesa escreveu uma novela, uma pequena ficção, que se tornou célebre e virou, na época, uma verdadeira coqueluche. Estou falando do livro "Bom dia, tristeza", no qual os problemas da adolescência são tratados com maestria única, uma sensibilidade capaz de despertar a crítica do mundo inteiro para as confissões da autora mal saída da infância. O nome da menina, se não me falha a memória, era Françoise Sagan.

Parafraseando a jovem autora, chamei o meu texto de "Bom dia, velhice", mais pelo desejo de saudar a minha idade, com todos os seus percalços e abismos, do que o de despertar qualquer ruído em torno das minhas considerações. Sou velho e quero estar em paz comigo mesmo. O resto que vá à merda, incluindo as receitas milagrosas do Doutor João Paulo para as minhas atribulações momentâneas. Que são muitas e costumam surgir sem mais nem menos.

O João Paulo é um cara moderno e de ideias aparentemente arejadas, mas, nem por isso, deixa de acreditar em Papai Noel e noutras crendices. Estudou medicina nas melhores universidades do mundo. Andou por Paris, Londres, Berlim e não sei mais por onde, mas terminou mesmo os seus estudos mais conhecidos no Vale do Jequitinhonha, onde, em companhia de alguns especialistas, quis provar que o queijo produzido no Serro é o melhor do planeta. Melhor até mesmo que o queijo francês, que, apesar da idade, não tem a tradição portuguesa do Serro, um lugar milagroso apesar de esquecido por muitos.

A modernidade do Doutor João Paulo, médico e geriatra de escol, não costuma ser contestada. Pelo menos por esses lados das Minas Gerais, o João é considerado um gênio precoce, apesar dos quarenta e tantos anos que não aparenta ter. Conseguiu misturar medicina e geriatria com muitas outras coisas e, nisso, parece estar se dando muito bem. A propósito, o seu consultório, além de ser um dos melhores e mais bem equipados da Savassi, conta com uma clientela das mais nobres e abastadas da cidade, uma coleção selecionadíssima de *nouveaux riches*, na qual eu me incluo, a despeito das minhas modestas posses. Na verdade, não passo de um paciente pobre do Doutor João Paulo e, pelo jeito, só consigo frequentar a sua clínica de muitos luxos pelo fato de ser também seu padrinho e tio dileto.

2.

O Doutor João Paulo me aceita também entre os seus pacientes pelo fato de eu ser escritor e ter publicado alguns livros. Acha bonito ter um parente pobre como eu que se dedica a uma arte, para ele, inofensiva e decadente ao extremo. Sou apenas um velhinho a mais, com ideias extravagantes, alguém que ele pode apresentar aos que o cercam como um sujeito que vai superando a velhice aos poucos por conta de uma dedicação suicida. Certamente, nunca leu patavina do que escrevi nem faz questão de confessar aos amigos o seu total alheamento à minha obra. Considera os meus escritos coisa sem importância. Ou melhor, coisas que só têm importância porque me ajudam a viver. Da mesma forma como recomenda pintura aos seus pacientes, como uma maneira de evitar a demência, recomenda a mim que continue escrevendo e não pare nunca. Um grandessíssimo filho da puta, o Doutor João, meu sobrinho dileto. É o tratamento que lhe dou em troca.

Ser escritor num país de analfabetos e de pouca ou nenhuma leitura é mesmo uma empreitada das mais deploráveis. Com exceção de uma meia dúzia que ousam viver como nós, escritores, somos a pobreza que pensa convivendo com a miséria e a ignorância. A frase é um tanto óbvia e não deixa de ter um ranço fascista, mas não conheço outra que descreva melhor a nossa situação. Afinal, a velhice pode ser também o paraíso da obviedade e da mediocridade, duas coisas que costumam contribuir para a vinda célere do Alzheimer e de outros males menos conhecidos.

Depois de amargar cinco livros de cinco edições únicas que não foram lidas, cheguei à brilhante conclusão de que a grande saída para a minha tão desprezada arte era a publicidade. Virei publicitário, numa certa altura da minha vida, tudo para não morrer de fome como jornalista ou intelectual de fim de semana. E tratei de me prostituir em alto estilo, quem diria, adquirindo a BlueCloud Propaganda, com todas as suas promessas de êxito imediato e suas óbvias fragilidades.

Fiz o diabo, na época. Participei de concorrências as mais aguerridas e recebi críticas e mais críticas por ter sido amigo de um pessoal envolvido em falcatruas diversas. Mas nunca deixei por menos.

Ganhei dinheiro, é o que importa. Acusaram-me, na época, entre outras coisas, de corrupto e desonesto, mas isso o tempo tratou de encobrir. Hoje, já velho e sábio, como dizem os meus empregados, sou visto como uma espécie de patriarca. Não estou sozinho na empreitada, mas em companhia de mais, pelo menos, dois outros infelizes.

Em minhas mãos, a BlueCloud Propaganda cresceu dentro do possível, no medíocre mercado de publicidade de Belô, até ser vendida por um preço apenas razoável e mudar de nome. O novo dono não queria saber da velha herança pontilhada de problemas que a empresa carregava. Está, ainda hoje, enfrentando um caudal de problemas, mas isso é um problema do novo dono. Quanto a mim, estou vivendo a vida dos velhos funcionários da nova República. Isso quer dizer que aguardo por uma promoção futura qualquer, que me garantirá as benesses da aposentadoria.

3.

De escritor sem leitores, passei a publicitário e, daí, a frila, que é o nome que se dá ao sujeito picareta que atua sozinho e por conta própria no nosso decrépito mercado. Depois de inúmeras aventuras econômicas e financeiras, parei para um breve descanso, de onde, aliás, não saí mais.

Aposentei-me, depois de casar-me com a Lídia, uma mulher fantástica, que trouxe, com a sua juventude, um novo alento à minha combalida existência. Nosso casamento aturdiu a todos, incluindo os meus inimigos de plantão, que, hoje, morrem de inveja de mim pela mulher mais jovem que tenho a meu lado. Pelo menos nesse quesito, sou um sujeito vitorioso.

Mas, voltando ao Doutor João Paulo e à sua medicina, foi dele a ideia de me receitar uns dias de descanso na Bahia. Isso depois de inundar o meu celular com um rol de pousadas as mais variadas em atendimento e preços. Para o meu descontentamento e disfarçada aflição, minha mulher escolheu a mais cara delas.

Em contrapartida, tentei em vão argumentar com o Doutor João que a velhice não se casa muito bem com descanso. Ao contrário, o velho precisa é de agitação e muita companhia. Precisa também de estar sempre acompanhado de pessoas mais novas, me lembro de ter dito a ele, a certa altura do nosso complexo diálogo. Deve ter sido por isso que ele acabou me receitando o lugar em que me encontro hospedado, num ponto sensacional de Arraial d'Ajuda, próximo à praia e distante da muvuca do centro comercial especializado na venda de quinquilharias em que se transformou o vilarejo.

O lugar é simplesmente maravilhoso e inteligente, como tudo mais que o Doutor João Paulo receita aos seus pacientes. Tem jardins e riachos que correm dentro de uma mata cultivada com um bom gosto incrível, misturando a vegetação nativa com espécies estrangeiras, além de pontes de madeira, muita pedra e construções. Do apartamento que ocupamos, é possível descortinar um mar sempre azul e claro, tão belo, aliás, que nos permite concluir que o paraíso deve estar bem perto. A propósito, se não me engana a memória, é esse o mote do hotel.

O paraíso deve estar perto. O motorista que nos apanhou no acanhado aeroporto de Porto Seguro foi logo dizendo que, dentro de pouco tempo, haverá um novo aeroporto à nossa disposição. E que um festival de cinema está previsto para acontecer nos próximos dias. Em sua opinião, o evento mexe com toda a sociedade local, além de despertar uma expectativa enorme em razão das celebridades que reunirá em Arraial D'Ajuda. Pelo menos dez das mais afamadas divas do cinema e da televisão, no momento, já confirmaram presença. Enfim, um espetáculo a mais para enfeitar a nossa estada na pousada.

Da parte dos hóspedes, resta pagar para ver. Na certa, algumas dessas celebridades irão se alojar conosco e nos farão uma companhia seleta. É a expectativa do nosso motorista, dita com um entusiasmo quase infantil. Enfim, tudo é festa. Como previa o Doutor João, a Bahia, com o seu calor e a sua alegria, começa a produzir os efeitos esperados sobre os nossos organismos.

4.

Chegamos no horário do almoço. Pusemos as malas no quarto e tratamos de ir ao restaurante que fica do outro lado da ponte e nos acena com a legítima comida baiana. É hora de saborear a peixada regada a dendê que está no meu pensamento desde que deixamos Belô. Tenho a convicção íntima de que o Doutor João, com a sua chatíssima geriatria, não a aconselharia, mas isso é, no fundo, o motivo principal que move a minha salivação e o meu contentamento. Ele e a sua medicina não estão por aqui, o que significa que sou um paciente livre para optar pelo que quiser. E a peixada é, reparando bem, com todo o seu tempero, o final feliz da minha jornada. Vim para a Bahia pensando nela e nas demais delícias mencionadas por Caymmi naquela conhecida canção praiana, em que o cantor reclama, em sua cozinha, a presença de uma baiana que saiba mexer.

O nosso restaurante tem, certamente, tal figura. E não a ocultará de nós, pelo menos durante o tempo em que estivermos por lá. Pois a baiana que requebra à nossa frente, ao som da música e da culinária, é mesmo uma fantástica figura mística, cheia de colares e de missangas, que caminha em nossa direção e aproveita para nos oferecer lembrancinhas da Bahia. Está ali por ordem e graça da direção da casa, que não a deixa explorar os hóspedes e, ao contrário, obriga-a a sorrir com uma fileira de dentes muito alvos sempre que é solicitada a sua presença nalguma mesa.

Em razão disso, estamos todos, da mesma forma que ela, sorridentes e felizes. Como um bando de crianças que, de repente, recuperou o bem-estar e a alegria de viver, tratamos de degustar os nossos pratos. De adultos neuróticos e cobertos de entraves, passamos a jovens cordiais e repletos de boas intenções. Como todo jovem, queremos reformar o mundo sem deixar que ele distorça a nova realidade a ponto de dificultar a presença dos mais velhos. Tudo isso só faz por alegrar ainda mais a noite. Enchemo-nos, em seguida, de goles da melhor cachaça de Salinas, e nos recolhemos ao apartamento, por fim, pensando nos anos verdes que ficaram para trás, sem sentir muitas saudades. O sono reparador que virá em seguida servirá para nos tornar ainda mais lépidos. Misturado com o calor da Bahia, o silêncio da noite é apenas mais um conforto oferecido pela nossa pousada.

Acordamos horas mais tarde com o barulho de vozes e de pessoas que passam apressadas pelos corredores da pousada, carregando malas e arrastando bagagens. Imagino, pelo andar da carruagem, que os artistas chegaram finalmente para o festival de cinema. Nos próximos dias, alegrarão o lugar com a sua presença inédita e cheia de charmes. Por certo, a sua presença entre nós só pode ser notada pelos hóspedes mais velhos que, como eu, têm o sono leve e acordam ao menor sinal de movimento. Os demais, como Lídia, dormem a sono solto depois de um dia de muitas estrepolias.

Pois os artistas chegaram de fato e se espalham pelas dependências do hotel como um bando de angorás da mais fina procedência. O caminhar felino e de gestos decorados e perfeitos só pode nos causar, à primeira vista, uma inveja miserável. Podem ser vistos na piscina, onde os corpos sarados e torneados desafiam as câmeras dos fotógrafos e enfeitam a paisagem de maneira tal a não deixar dúvidas quanto à sua formosura e elegância. Não é à toa que já ouvi dos presentes ao café da manhã que está todo mundo simplesmente maravilhado com a educação e a finesse do grupo, formado, a bem da verdade, por pessoas acostumadas a frequentar ambientes para nós, simples mortais classe média, inimagináveis.

"Duas coisas que se casam com louvor: um hotel maravilhoso e um artista divino", é mais ou menos isso que ouço a menina que se sentou ao meu lado dizer, no café, assim que um dos tais artistas inicia o seu desfile pelo salão, distribuindo autógrafos e sorrisos pelas mesas por onde passa. O sujeito acabou de chegar dos Estados Unidos, onde fez o papel de Pôncio Pilatos, num filme bíblico. Na certa, vai defender a premiação para a sua fita, que nenhum de nós conhece ainda. Afinal, a estreia da obra-prima, no circuito de cinemas, só acontecerá depois do festival. Por enquanto, é possível afirmar que o Pôncio Pilatos de araque é um sujeito para lá de simpático. E já conquistou o coração da mulherada, que declina o seu nome artístico como se estivesse numa arena romana, torcendo pelo gladiador do momento.

5.

Antes de ser apenas um festival de cinema, este promete ser também um festival de desigualdades. Depois que os pesados portões que separam o hotel do restante da vila são fechados, o que se pode ver lá fora é uma sucessão de barracos erguidos em completo desleixo, nas ruas esburacadas da vila, além de total falta de urbanização. Em contrapartida a essa miséria toda, do lado de cá dos portões, só existem *nouveaux riches* entediados e em busca de algo que possa preencher o seu ócio. Enquanto isso, quer dizer, enquanto nos divertimos nas luxuosas dependências da nossa fantástica pousada, o nosso rico dinheirinho rende juros escandalosamente altos nas aplicações de um imoral mercado financeiro.

Mas, tudo isso não passa também de um economês de botequim, vazio e piegas, e está longe de ser um protesto a ser levado em conta por alguém do governo. Já tive a minha fase de guerrilheiro esquerdista, burguês e urbano, disposto a reformar o mundo e a distribuir a renda dos mais ricos, e não guardo uma boa lembrança dessas peraltices. O Jovino morreu de enfarto, o Tonicão morreu de cirrose e o Sânzio, coitado, está com demência, de modo que não existe o que evocar, a não ser a meia dúzia patética de vultos do passado. Deles, restou apenas a lembrança do Juvenal, um sujeito detestável que morava em Brasília e conseguiu se tornar inimigo do grupo. O dito morreu devorado por um câncer dos mais agressivos.

Na mesa do chopp da Cantina do Ângelo, os problemas do Brasil eram resolvidos num piscar de olhos e no bater dos copos. Lembro-me que a última rodada era sempre dedicada a nós mesmos, heróis de um novo tempo que teimava em não vir.

O Doutor João Paulo não aprova o meu exercício de imersão no tempo, que, de acordo com ele, é um tanto mórbido, porque fala em mortos e em suas trajetórias decadentes e mundanas. Diz ele que devo pensar em coisas mais recentes e tentar viver novas emoções. Enfim, devo ser um pouco mais comedido em minhas manifestações artísticas, me entregando, de vez, ao doce charme da burguesia, ao invés de ficar me lembrando de um tempo em que as pessoas sentiam uma necessidade neurótica de mudar as coisas. O exemplo maior da inutilidade das nossas iniciativas foi a morte precoce do nosso Romualdo, que o Doutor João tentou, de toda maneira, evitar com a sua milagrosa medicina.

O Romualdo se foi, coitado. Era meu amigo chegado, mas bateu as botas assim mesmo. Com toda a sapiência de que era possuidor, não conseguiu driblar o destino. A próstata o abateu a meio caminho da glória, depois de ser escolhido para um cargo de relevância num dos ministérios do novo governo que se instalava. Morreu contando piadas inteligentes e se despedindo de uma vida que ele mesmo considerava longa demais, apesar de estar com apenas cinquenta e quatro anos.

Inteligência demais nunca foi atributo necessário a uma longa existência, diria o meu velho pai, que, aliás, viveu muito e foi feliz à sua maneira, sem ser gênio.

De minha parte, posso dizer a mim mesmo que não preciso de genialidades nem de ter soluções mágicas para os problemas do proletariado baiano para continuar vivendo e usufruindo de todas as benesses da nossa pousada. Como um artista frustrado, mas conformado com a sorte, vou continuar prestigiando o que o mundo tem para me oferecer, sem fazer muito alarde por isso. Assim procedendo, dou vazão aos céleres conselhos do Doutor João Paulo, que receita humildade, muita humildade, para os mais velhos.

Como se praticasse um ritual secreto, tento aplaudir os Pôncios Pilatos que surgem à minha frente, nos salões da pousada, e nisso, sou secundado por outros velhos que estão de férias por aqui. Vamos aceitar o mundo com todas suas merdas, injustiças e maldades, e até aplaudi-lo pelas belezas que pode nos proporcionar. E deixemos que o tempo passe, só isso.

6.

E por falar em beleza, a Lídia, minha mulher, despista como pode, mas, no fundo, o que pretende mesmo é mostrar os novos maiôs que adquiriu no shopping só para a nossa viagem. São inúmeros e coloridos e me enchem de vaidade só de lembrar que tive dinheiro suficiente para comprá-los. São coloridos também, de cores muito fortes e, por que não, quase sensuais, e ajudam a Lídia a mostrar as suas novas medidas, depois de um regime espartano que a deixou com fome e comendo tomates e folhas de alface por muitos dias. Está mais magra a minha jovem mulher, que, numa hora das mais propícias, se juntou a mim, e eu me sinto feliz por isso. Pena que os meus dias de garanhão solto no pasto se foram de uma maneira abrupta e inexorável, sem que eu tivesse, pelo menos, tempo de protestar. Graças aos maravilhosos remédios que o Doutor João me receitou, de maneira respeitosa e reservada, sem deixar de recomendar a necessária cautela no manejo da tralha, posso ainda ir à guerra a qualquer momento, no futuro. Até lá, é me contentar com o possível e não ficar rasgando, o tempo todo, as cápsulas das amostras grátis que o geriatra, de maneira generosa, me forneceu.

Mas, o Pôncio Pilatos, com toda a sua empáfia de galã das novelas das oito horas, ao contrário de mim, não se cansa de enfeitiçar o público feminino da pousada, que se amontoa no saguão do hotel em busca do melhor momento e da melhor posição para tê-lo mais próximo. O pobre deve andar cansado de dar autógrafos, além de sorrir sempre para os seus fãs, com todos aqueles dentes perfeitos e muito alvos que Deus, ou algum protético de plantão, lhe deu. Ao seu lado, a figura da namorada que o acompanha, de cabelos e curvas deslumbrantes como os de uma deusa grega, serve para compor todo um painel fulgurante de múltiplas qualidades cênicas. Vê-los felizes, em meio à multidão que se formou em volta deles, é quase como assistir à pré-estreia do filme com que os dois irão nos brindar proximamente. Por eles, Lídia e eu torceremos para que ganhem o primeiro prêmio, o troféu que imita o Oscar, a ser doado pelas autoridades.

Além do Pôncio Pilatos e da Afrodite, que já nos brindaram com as suas presenças, outros astros estão a postos no nosso salão. Ficarão todos eles alojados no prédio localizado nos fundos da pousada, de onde se pode ver o mar, e as varandas garantem total conforto e comodidade. De lá, é possível enxergar o restante do hotel, que fica embaixo, rodeado de jardins bem cuidados.

Lembro especialmente de uma das artistas que chega com um olhar cansado e uma bagagem quilométrica, que ela mesmo espalhou pelo lobby. Não teve tempo, pela aparência malcuidada, de se maquiar a tempo e, por isso, tem a cara lavada e os cabelinhos presos com uma gominha mesmo, como os de uma adolescente.

Além disso, a sua estatura é um tanto reduzida, o seu corpo não é lá grande coisa e, no geral, demonstra um pouco da idade que tem de fato. Afinal de contas, a musa já trabalhou em inúmeras novelas, além de fazer teatro e mais uma série de outras coisas, todas elas ligadas ao cinema, experiências que a dotaram de um currículo bastante superior ao da deusa grega. A sua presença no festival serve ainda para mostrar que o início e o fim da vida dos artistas não guardam muita simetria. Principalmente as mulheres, que têm que se desdobrar quando chega a idade, com todos os seus fantasmas maus, próprios da velhice.

Alguém confidenciou ao grupo que a nova hóspede, vista de perto, não é aquela beleza toda que aparece nas telas. É baixinha, um tanto franzina e parece estar longe do time de gostosonas que desfilou pela manhã, no salão do café. Salva-se pelo fato de ser mais velha e ter mais experiência, só por isso, ouço alguém dizer ao meu lado, tentando diminuir a presença da atriz entre nós. Vejo também alguém lembrar que a televisão não pode viver só de vedetes bonitinhas. Os papéis são diversos nas novelas e nos filmes e é necessário haver pessoas competentes para assumi-los. Quem vai fazer o papel das pessoas feia? Alguém do nosso grupo deixa no ar, sem resposta, a pergunta indigesta.

O dia foi um tanto cansativo em razão da presença dos artistas, e a noite promete um descanso reparador. Estamos, Lídia e eu, no momento, sentados diante do mar, numa das muitas mesinhas que o gerente do restaurante mandou espalhar embaixo das castanheiras que ornam a praia. Depois de acompanhar com os olhos, de maneira bem pachorrenta, o quebrar das ondas, podemos afirmar que estamos felizes e perfeitamente satisfeitos com o que tivemos até agora na pousada. Dentro de alguns minutos, iremos nos recolher para o sono que nos garantirá as energias futuras. Outros artistas virão para o festival e, ao contrário do que dizia a novela do Sartre, estamos certos de que amanhã não virão com eles os pássaros negros.

7.

Não vou negar, como mísero sacripanta ou mesmo um repulsivo fariseu, que, ontem à noite, pouco antes de dormir, pensei, mais de uma vez, em sexo. A frase me lembra o preâmbulo do discurso que usávamos quando crianças, nos confessionários da igreja da Floresta. Detesto a ideia de encarar o sexo como algo sujo que deve merecer uma desculpa, mas a verdade é que, não obstante o pensamento pecaminoso, fiz o que me recomendaria o Doutor João Paulo. Deixei para outra hora os arroubos carnais da noite, repentinos e gratuitos, e tratei de pensar noutras coisas. Pensei, por exemplo, na chácara que pretendo construir em Lagoa Santa, a mesma que servirá como modelo para os que vierem depois de mim, quer dizer, meus herdeiros e quem mais quiser e estiver por lá.

Lembro que gastei uma boa meia hora para conciliar o sono só de pensar no pequeno lago repleto de carpas e tilápias que iremos inaugurar, o Doutor João Paulo e eu, ao lado da piscina. Além do Doutor, conto também com o auxílio inestimável do Giovane, que é um senhor arquiteto e tem ideias geniais para tudo. Pensar nos seus projetos arquitetônicos me faz viver o lado bom da vida, já que são todos eles orientadas sempre para a obtenção de algo melhor. Saber que existem, ainda hoje, profissionais como ele, fortalece um pouco a minha confiança no nosso desacreditado mercado de serviços, habitado por desonestos e picaretas de todo o gênero.

A ideia da chácara é mesmo genial, conforme me lembra o Doutor João Paulo, com toda a sua dedicação à minha integridade física de velho. Vai me fazer um bem dos diabos e é capaz, até mesmo, de me levar a outra dimensão na vida. Não sei, a essa altura, se quero outra dimensão na minha existência, seja lá em que direção for, e penso mesmo que já encerrei o papo com os deuses do Olimpo que cuidam do ato de existir. Não tenho mais o que fazer nem estou disposto a inventar coisas que me passaram despercebidas quando eu tinha idade suficiente para realizá-las. Na verdade, hoje, me sinto no final da linha, mas isso não me causa nada em especial. Ficar inventando coisas vazias para fazer e preencher o tempo, aos setenta e sete anos de idade, me parece estúpido e bastante infantil.

A algazarra que havia no saguão, antes que subíssemos para os quartos, parece ter retornado no meio da noite, com força redobrada. Do nosso apartamento, é possível ouvir o barulho de vozes, além do trânsito agitado de pessoas que parecem ter muita pressa, ecoando pelos corredores. O que se pode concluir é que, lá embaixo, deve ter acontecido algo para nós desconhecido. Na certa, alguém quer se hospedar no hotel sem ter feito reserva. Ou, o que é pior, sem ter uma acomodação disponível para tanto. De qualquer forma, a discussão parece não ter fim e, ao contrário do esperado, só fez por aumentar os ruídos que sobem pelas escadas e inundam o hotel de uma maneira que é, para nós, hóspedes, totalmente inesperada.

Apesar do sono que pesa como chumbo sobre as pálpebras, é tempo de levantar-se, entreabrir com cuidado a porta do apartamento e dar uma espiada no que acontece lá fora. Longe do ar-condicionado, o corredor devolve o calor da noite. Apesar dele, a discussão lá embaixo prossegue, as vozes estão cada vez mais altas e, de onde estamos, posso ouvir os gritos de uma mulher desesperada. Tento me posicionar em meio ao caos, mas a única coisa que me passa pela cabeça, neste momento, é lembrar que estamos num ambiente civilizado, onde tudo é perfeito e confortável. Não cabe nele, a rigor, tamanha confusão.

No entanto, são cenas de puro desespero aquelas a que assisto, assim que ponho os pés no saguão do hotel. Sem entender nada do que se passa à minha volta, penso em obter alguma informação do sujeito que está a meu lado. Trata-se de um hóspede como os demais e faz parte do grupo que desceu as escadas atraído pela confusão da noite. Usa pijamas listrados e está atônito como todo mundo por aqui, além de ter a cara de quem, como eu, só aos poucos começou a se inteirar dos fatos. Antes de me dizer qualquer coisa, vira-se para o restante do grupo e anuncia que houve uma morte no hotel naquela noite.

"É isso mesmo que vocês ouviram. Alguém morreu no andar de baixo. Uma artista que veio para o festival, é o que estão dizendo."

8.

Como em todo crime envolvendo celebridades, até que surja a verdade, as versões são desencontradas e não permitem fazer juízos minimamente confiáveis. A mulher que se matou ou foi morta era jovem, bonita e atraente, mas não tinha uma carreira conhecida no cinema. Consta na folha corrida, levantada de maneira precária por algum curioso, que ela trabalhou em shows no circuito Rio - São Paulo. Fora isso, é uma perfeita desconhecida e não teria maior participação no festival de cinema que se inicia.

Ninguém sabe também se estava em companhia de alguma pessoa ou mesmo se esse alguém é suspeito ou não. A verdade é que ela pode ter morrido a sós, depois de ingerir alguma droga desconhecida, conforme a perícia irá nos dizer mais adiante. Por enquanto, a única coisa que podemos fazer é ouvir a enxurrada de versões que se dá ao crime. Nele, a dúvida principal que se levanta, de imediato, diz respeito à trajetória seguida pelo corpo da vítima. Teria sido ela atirada da varanda do apartamento já morta ou, ao contrário, morreu na queda, depois de estatelar no fundo do mangue? Os pormenores do caso são comentados como num pregão de bolsa de valores e já surgiu entre os hóspedes mais curiosos quem afirme que a mulher não era artista, mas uma simples garota de programa em busca da fama. Nisso, se meteu com uma dúzia de homens, cobrando pelos michês. A suposta diversidade de parceiros, como de costume, deverá ser um entrave e um mistério a mais nas investigações da polícia.

As versões mais maldosas e atrevidas a respeito do passado pouco conhecido da vítima agitam a plateia que se formou em torno do caso. Por ora, a polícia ainda não se ocupou das diligências, o que não significa que estaremos livres dos inquéritos, além dos chatíssimos depoimentos. Em questão de horas, aparecerão certamente os agentes com as suas perguntas de praxe. Vão revirar o hotel de cima a baixo e, nisso, não serão bem recebidos pela gerência. Afinal, a cena do crime é uma pousada de luxo, com serviços nota dez e preços idem. A última coisa que a direção da casa gostaria de fazer é importunar os hóspedes e tumultuar a vida deles com interpelações, a princípio, vexatórias.

Não sou artista, não tenho pretensões circenses e, somente por acaso, estive próximo do local do crime. Isso me dá um passaporte seguro para me comportar como se nada tivesse acontecido. Posso continuar a frequentar o restaurante, o bar e a piscina, sem me importar com o andamento das investigações, e deixar que os policiais resolvam o tormentoso "crime da peguete nua", como o caso foi chamado por um repórter de um jornalzinho local, que parece ter farejado a existência de um escândalo de grandes dimensões a caminho. Fala-se a boca pequena que a vítima mantinha um diário dos mais esclarecedores e explosivos, com o nome e o endereço de seus principais clientes. Dizem ainda as más línguas que há gente graúda, incluindo políticos, arrolada no listão da menina, que cobrava michês milionários por uma noite de afagos. A versão, contudo, é apenas uma a mais em meio a tantas outras e carece de comprovação. Como todo escândalo que explode de repente, conforme dizia meu velho pai, é impreciso e muitas de suas partes ficam na dependência de uma comprovação.

A propósito, pelo menos três versões já estão circulando livremente pelo hotel e prometem ocupar boa parte do tempo dos hóspedes. Ninguém sabe quem as produziu, mas a verdade é que a ausência da polícia à frente das investigações acabou por causar um vácuo que é preenchido da pior maneira possível com fatos e mais fatos improváveis.

Para começo de conversa, há quem afirme que a menina estava nua no momento da queda. E que havia inúmeras pessoas em seu apartamento. Diante do corpo nu, alguém da gerência tratou de envolver o corpo num lençol, numa manobra providencial para ocultar o escândalo. Afinal, estar nua ou não pesa muito no resultado das diligências, uma vez que estar nu pode significar para muitos estar também no meio de algo degradante e condenável como uma balada de subúrbio ou uma festa do cabide. Tudo, evidentemente, se a menina for mesmo a prostituta de luxo que as versões mais maliciosas mencionam.

Além das roupas que cobriam ou não a vítima, restam ainda dúvidas a respeito da bebida que foi, à primeira vista, encontrada em seu estômago. Teria ela consumido álcool em grande quantidade ou, ao contrário, apenas saboreava um inocente refrigerante? A sua aparência um tanto avermelhada sinalizava para a ingestão de bebida alcóolica de grosso calibre, o que não pode ser tido como verdade. O corpo só teria sido encontrado pelo menos duas horas depois do crime, desfazendo a hipótese da vermelhidão da pele como sintoma de alcoolismo.

Finalmente, a tal garota se chamava Jenifer, que era o seu nome de guerra. Vivia pregada nos famosos e os seguia como os lobos seguem as manadas de búfalos antes de devorá-las. Daí a sua presença no festival de cinema que se inicia amanhã. Resta saber, contudo, quem teria pagado as suas diárias no hotel, que custam os olhos da cara. As inúmeras suposições levantadas em torno do crime já permitem acreditar que a polícia não terá maior dificuldade em chegar a um bom termo. Estamos todos confiantes nisso e discutimos livremente o caso, sem nos aferrar a uma versão em particular. Para o pessoal que frequenta o salão do restaurante, tudo é possível, inclusive a versão segundo a qual a menina é inocente de tudo e sofreu apenas um desmaio, enquanto bebericava na varanda do seu apartamento. Por um descuido, ela acabou por despencar de uma altura de dez metros, pelo menos, e, na queda, sofreu uma fratura fatal de crânio. Coisa acidental, como se vê, levando à morte como infausto desfecho.

9.

O laudo pericial só deve sair daqui a umas duas semanas. Quem disse isso, desagradando a plateia inteira que se aglomerava à sua volta, foi o delegado local. Com muita dificuldade e gaguejando, o pobre leu aquilo que seria uma nota oficial, informando que o crime está sendo investigado com o máximo empenho pelas autoridades e ponto final. Nada de os hóspedes ficarem dando chiliques enquanto os agentes, de maneira séria e diligente, colhem evidências em torno do acontecido. Dizer, por exemplo, que a modelo se jogou ou foi jogada, se havia ou não álcool misturado a drogas em seu estômago e se tudo não passou do desfecho trágico de uma festinha de embalos, regada a muito sexo e pó, é querer destampar as portas do inferno das fofocas com a especulação. É também, como disse um general metido a político, quando eu morava em Brasília, querer pescar em águas turvas, assacando aleivosias e extraindo de dados inconclusos aquilo que não é ainda evidente.

Ao final, a nota roga muita paciência a todos, entende que a situação é um tanto constrangedora, e pede que compareçamos aos depoimentos assim que chamados.

Esse último pormenor já começou a despertar protestos veementes entre os hóspedes. Para a infelicidade geral da gerência do hotel, existem pessoas entre nós que não aceitam e se recusam peremptoriamente a falar com a polícia. Para elas, somos apenas turistas em férias, daí a nossa ignorância quanto ao acontecido. Nada temos a ver com crimes e estamos longe dos nossos advogados. Um absurdo, portanto, querer a nossa opinião a respeito de fatos que desconhecemos.

Ouço no café da manhã que algumas dessas pessoas já conversaram com os seus respectivos advogados e não vão, em hipótese alguma, comparecer às audiências policiais. Ainda na opinião desses dissidentes, não somos culpados de nada e por isso mesmo não podemos ser considerados suspeitos. Afinal, ocupamos a parte baixa da pousada, onde os apartamentos não têm varandas nem permitem a realização de festinhas com convidados. Qualquer tratamento considerado inoportuno da parte da gerência do hotel será resolvido com base na legislação do consumidor. É isso mesmo. Nem bem começou a discussão em torno dos complexos temas policiais e o hotel já começou a colher os frutos amargos da confusão em que se meteu. Já existe hóspede ameaçando pedir o cancelamento da reserva, além de indenização pelos danos morais causados pelo imbróglio. De nossa parte, é bom ouvir o que nos diz a mensagem conciliadora do Doutor João Paulo, meu geriatra e conselheiro para assuntos aleatórios e de magna complexidade.

Na chamada de vídeo de celular, o Doutor João nos aconselha a manter a calma e não nos deixar levar pelos comentários.

Nessas horas, é preciso saber distinguir o certo do errado, o que é boato do que pode ser notícia, diz ele, numa voz suave e treinada como só o Doutor João Paulo consegue ter.

Até aí, nada de novidade. Não somos pessoas ignorantes e influenciáveis, Lídia e eu, e não somos também amantes de conversinhas. Nesta altura, talvez sejamos os únicos por aqui a não ter uma opinião formada a respeito do acontecido. Não sabemos se a mulher era mesmo uma atriz ou coisa parecida e se ela se atirou ou foi jogada antes ou depois de morta. Isso tudo não nos interessa nem um pouco, razão pela qual não acreditamos que a polícia irá nos molestar. Simplesmente não temos nada a dizer a respeito do crime, que envolve, a princípio, pessoas com quem tivemos contato apenas superficial.

“A única coisa que posso lhe afirmar com certeza, minha filha, é que a mulher tinha formas muito atraentes e fazia um show à parte com o seu biquini asa delta. Ontem, pela manhã, quando estávamos na piscina, todos comentaram a maravilha”, confessa o sujeito fescenino que aparenta ter uns quarenta e poucos anos e se sentou à nossa frente na mesa do café. Não fala para nós, mas para a menina que está com ele e não deixa de ser também uma mulher de muitos atrativos. O mais certo é que o filho da mãe esteja tentando provocar ciúmes na companheira, elogiando de maneira desrespeitosa as medidas da pobre vítima. A sua aparência de meia idade, um tanto deformada por conta da barriga proeminente, não me engana. Já apostei com Lídia que o sujeito não passa de um empresário meia-boca, provavelmente um dono de agência de veículos nalguma cidade do sul, que acabou de dizer adeus ao casamento, rifou a mulher e os filhos e embarcou numa nova aventura. Pela quantidade de sorrisos que distribui aleatoriamente, deve ter se separado há pouco tempo, depois de adotar a menina que o acompanha. Calculo que a beldade deve ter de vinte e cinco a trinta e cinco anos, é tão bonita quanto as artistas do festival de cinema e exibe o corpo sarado sem medo de desagradar a qualquer um. Ao contrário, muito à vontade dentro de um biquini dos menos comportados, ela desfila a sua beleza e juventude com alegria e orgulho.

Além de arriscar palpites dos mais inconvenientes sobre o crime, o casal é também muito simpático e faz uma questão enorme de estar sempre sorrindo para nós. Parece ter uma especial predileção por Lídia e por mim. Sempre que nos vê, faz gestos amigáveis, além de nos cumprimentar e, por vezes, nos dirige palavras gentis e agradáveis. Quanto a isso, já informei a Lídia que penso ter descoberto a razão de toda essa súbita gentileza. Na certa, o sujeito já percebeu que, tal como ele e sua companheira bem mais nova, somos também um casal que destoa dos demais. Para a maioria dos mortais, eu deveria estar acompanhado por uma mulher bem mais velha que a Lídia e nunca por alguém que exibe um físico ainda jovem como o dela. Enfim, sou um velho acompanhado por uma mulher muito mais nova do que eu, e saber disso tira o casal, nossos companheiros de hotel, da zona de desconforto, deixando-os mais à vontade perante a comunidade. Estão certamente em lua de mel, distantes da família abandonada e dos problemas da revenda de veículos, e parecem querer gozar o máximo que a Bahia tem a lhes oferecer. Nesse ponto, Lídia e eu somos a sua âncora e a sua escora, o seu ponto de apoio nesses dias de puro ócio e curtição.

Mas, mudando de pau para cavaco, as horas da segunda manhã após o crime passam com a rapidez de costume, e, como no Eclesiastes, a única coisa que podemos observar de verdade é o correr implacável do tempo. Além da tal nota oficial, a polícia não se manifestou, e os gerentes do hotel estão com a cara de quem não dormiu, nos últimos dois dias. Deixaram de lado o ar aristocrático, educado e neutro que conservavam, e partiram para as primeiras providências. A primeira coisa que fizeram foi isolar a ala dos apartamentos com varanda e impedir que o pessoal de cinema se aloje por lá. O cenário parece estar preparado para a visita das autoridades que, até o momento, não apareceram.

Diante da aparente normalidade que reina na pousada, não há o que fazer também da nossa parte. Já fomos à piscina de manhã e fizemos um rápido passeio pela praia. A água morna do mar da Bahia nos aqueceu e nos lembrou de que o paraíso é perto daqui, apesar de tudo. Não tem nada a ver com as águas de Búzios, que são frias, mesmo quando o sol está a pino.

Além disso, na pousada tudo o que temos é maravilhoso, confortável e incomparável. Deve ser por isso que não hesitamos em pagar preços exorbitantes para estar onde estamos.

Depois do almoço, como de costume, recolhemo-nos para um rápido descanso. E aproveitamos o tempo para ler um pouco. Eu não esqueci o Kindle com, pelo menos, dez livros inesquecíveis nele armazenados. À leitura me dedico com afinco, sempre que o lugar e as circunstâncias me permitem.

Ligo o dispositivo que está carregado para uma temporada mais longa e me preparo para a leitura da tarde. Penso em enfrentar as páginas do Guerra e Paz, cujo texto me desafia há algum tempo. E, em seguida, vagueio pelo Grande Sertão

Veredas. Não contente em ler algumas páginas que descrevem as angústias de Riobaldo em relação a Diadorim, vou para as páginas da Montanha Mágica, que julgo maravilhosas como tudo mais que produziu Thomas Mann. Nesse meio tempo, luto também com a sonolência que invade o meu corpo aos poucos, tocada pelo conforto do ar-condicionado, dos travesseiros de penas de ganso e das fronhas e lençol de algodão egípcio. Tenciono abrir um novo refrigerante como forma de manter a vigília e não sucumbir ao sono. Mas, ao me dirigir à geladeira que está num dos cantos do quarto, sou interrompido por uma súbita batida na porta. Não imagino quem possa ser a essa hora da tarde. O mais provável é que não seja a arrumadeira, que já esteve por aqui na parte da manhã. Sei, ainda, que os empregados têm ordens severas de não importunarem os hóspedes neste horário, o que torna a batida ainda mais estranha para mim. De qualquer forma, o melhor a fazer é abrir a porta e enfrentar de vez o transtorno, coisa que faço de uma vez só, demonstrando toda a minha contrariedade.

Diante de mim, demonstrando medo e ansiedade, o que vejo é uma figura desconhecida. Imagino ser um dos participantes do festival de cinema que começa hoje. Ele pede para que eu o acolha e o esconda em meu quarto até a noite. Tudo como se fosse um refugiado de guerra, fugindo do inimigo.

Além disso, o estranho clandestino quer me contar uma história comprida e cheia de desculpas, envolvendo o crime da mulher nua.

10.

O sujeito desconhecido se chama Ademar. Ademar não sei de que, mora em São Paulo e veio como convidado de um grupo de cineastas interessado em eleger determinado filme como o melhor da temporada. Até aí, não encontro nada de reprovável no seu procedimento.

O diabo é que ele estava lá quando aconteceu o suposto crime. Acredita que pode ter visto quando os caras jogaram a modelo por cima das grades da varanda, muito provavelmente depois de tê-la currado. Ele dormia na hora e não sabe descrever os pormenores da cena. Quando acordou, a mulher já não estava por lá e os caras discutiam, em voz alta, as consequências do que haviam acabado de fazer. Alguns diziam que tinha sido uma grande merda o que fizeram, e que, dali em diante, teriam que adotar muita cautela. Não podiam aceitar testemunhas, o que seria um risco e poderia levá-los para a cadeia. Em razão disso, concordaram em ter com ele uma conversa muito séria, já que ele estava no quarto quando tudo aconteceu.

O nome Ademar me lembra o político paulista que, há muitos anos, tentou se eleger presidente da República sem êxito. Na campanha eleitoral, ele dizia "dessa vez, vamos com Ademar", mote que o tornou conhecido. Meu pai se lembrava sempre desses detalhes quando comentava a sua passagem como cabo eleitoral do PSD. Na verdade, Ademar de Barros nunca ocupou outro cargo, a não ser governador de São Paulo, no qual construiu uma fama para si que não era das melhores.

O Ademar que tenho à minha frente, apesar de paulista e ansioso, não é corrupto nem tem cara de quem pratica estupros. À primeira vista, não passa de um sujeito ingênuo que foi arrastado a uma festinha de embalos por um grupo de pessoas más, interessadas mais em praticar ilícitos do que em se divertir de maneira inocente. Tudo leva a crer também que a tal modelo não era boa bisca nem poderia posar de inocente. Não estava interessada em se divertir simplesmente. Diz o nosso convidado que ela teria pedido muito dinheiro a um dos caras, um sujeito com um forte sotaque sulista, que, pelo jeito, a conhecia há muito tempo. Tiveram uma discussão acalorada por causa disso e acabaram por se desentender por completo. Ele se lembra de que ela teria dito que não ia fazer nada de graça e que os seus convidados não passavam de fregueses como outros quaisquer. O motivo do crime teria sido, portanto, o dinheiro envolvido no negócio. Os caras não toparam pagar o preço do michê coletivo e partiram para fazer, de graça, o que pretendiam.

Apesar de possível e até mesmo provável, a versão do meu novo amigo Ademar se ressente de algumas dúvidas. Na verdade, depois que pegou no sono, ele não teria visto o momento exato em que atiraram o corpo nas areias do mangue lá embaixo. Devia estar dopado por alguma droga, algo que Ademar se recusa a esclarecer. Diz apenas que estava com sono, numa linguagem não muito clara e cheia de longas pausas, que ele acredita serem derivadas do medo. Afinal, o grupo que teria estuprado a menina não estava para brincadeiras e chegou a pensar em eliminá-lo como se aquilo fosse uma queima de arquivo. Ele tinha visto e sabia de tudo, essa era a verdade. E pedia asilo a mim, por isso. Pretendia se esconder até que o pessoal da limpeza se fosse. Depois das seis horas da tarde, com a noite já bem próxima, ele trataria de deixar o nosso apartamento e se mandaria para a liberdade. Até lá, queria ficar conosco, como um amigo que se ocultasse de todos.

Ademar não podia ser considerado um criminoso e sequer estava indiciado em algum inquérito. Daí o fato de não ser eu, do ponto de vista jurídico, um cúmplice dele. Eu também não poderia ser considerado cúmplice porque desconhecia pormenores do suposto crime. O que eu ouvira, por ora, não passava de uma versão a mais do acontecido, talvez já enfeitada com algumas evidências. O fato de a vítima ter sido arremessada pelo grupo, exatamente no momento em que Ademar adormecia, era pouco factível e difícil de ser aceito. A verdade é que ninguém costuma adormecer no meio de uma festinha de embalo, em que a música alta e o burburinho das vozes e dos gritos machucam os ouvidos. Além disso, Ademar não se lembra se a mulher estava ou não despida. Ora diz que ela estava completamente nua, quando foi jogada, ora diz, ao contrário, que usava ainda roupas íntimas. Não fala também se a mulher gritou, quando foi arremessada, e, pelo pouco que conta, a coisa toda aconteceu em silêncio, um cuidado que o grupo teria tomado, já de olho nos vizinhos e na possibilidade de o estupro ser ouvido por eles. Por enquanto, o dilema que nos perseguia era saber se ficávamos ou não com o Ademar. Para Lídia, o sujeito não tinha cara de bandido e merecia, o pobre coitado, o nosso manto de proteção. Afinal, as seis horas da tarde não tardariam chegar. Uns minutos mais, abriríamos a porta e o deixaríamos escapar para a liberdade, com mais chances de se pôr a salvo do grupo assassino.

Foi pensando nisso tudo que fizemos um sinal ao Ademar, aceitando-o conosco até que a noite viesse. Ele deveria fazer silêncio, portanto, e não deveria nos contar as suas histórias fantásticas envolvendo fatos que não queríamos conhecer de forma alguma.

11.

São misteriosos e envoltos em brumas os sagrados desígnios dos deuses e os pormenores dos fatos delituosos, dizia Beccaria, num manual de direito penal que li na Faculdade. Durante o pouco tempo que Ademar esteve conosco, o Doutor João Paulo nos ligou umas duas ou três vezes. Queria saber o que acontecera desde a última vez em que falara conosco, se o tal crime da modelo nua estava ou não desvendado e se tínhamos alguma queixa especial em razão do imbróglio.

A tudo respondi com monossílabos, tendo Ademar, ao meu lado, esticando os ouvidos e os olhos para o diálogo que mantínhamos ao celular. Não sabíamos de nada e nada queríamos a não ser continuar gozando as nossas curtas férias. Em seguida, regressaríamos a Belô, levando as saudades e as quinquilharias da Bahia. Eu mesmo já tinha adquirido pelo menos uma dúzia delas e lutava, agora, por acomodá-las na nossa mala de viagem. Enfim, estava tudo indo às mil maravilhas, conforme a Lídia poderia confirmar, independentemente do azar que tivemos em estar presentes no hotel, no dia da morte da modelo. Foi nesta altura do diálogo exatamente que o filho da mãe do Ademar me tirou das mãos o celular, num golpe rápido, e iniciou uma conversa das mais estapafúrdias e inoportunas com o Doutor João Paulo.

Ademar começou mentindo que estava no apartamento a pedido nosso e tinha presenciado o crime. Precisava de um favor meu, que era lhe dar um abrigo provisório até que a noite chegasse e, com ela, as muitas sombras que envolveriam a pousada. Aí, então, ele iria embora em paz, sem olhar para trás e sem nos causar qualquer dano. A sua presença, portanto, era apenas uma pausa forçada que lhe fora imposta pelas circunstâncias, antes de se escafeder de vez, escondendo-se na folhagem espessa do jardim para, em seguida, ganhar a rua. Quanto a esse pormenor, ele pedia a João Paulo o necessário apoio, sem ao menos saber de quem poderia ser a voz do outro lado da linha do celular. Mas, Ademar pressentia que o interlocutor era muito amigo da família, que teria alguma ascendência sobre ela. Por isso, queria que o Doutor João Paulo me convencesse a ajudá-lo, naquela hora tão difícil. Em seguida, trataria de ir embora e me deixar em paz. Só isso.

A intervenção de Ademar certamente assustou, num primeiro momento, e alertou o Doutor João Paulo, um sujeito em tudo cauteloso e temente a situações mal explicadas. Quando recuperei o celular, pude ouvi-lo, com uma voz cheia de cuidados, nos recomendar cautela, muita cautela, ao lidar com pessoas como aquelas. De repente, a simples presença de um sujeito falante e audacioso como Ademar, em meu quarto, já poderia significar, por si só, um envolvimento nosso no crime. Que, aliás não estava provado, ainda, nem havia clareza quanto aos seus pormenores.

Despedi-me do Doutor João Paulo, prometendo a ele que iria resolver a coisa da melhor forma possível e lhe rogando que não se preocupasse com o que acabara de ouvir. O tal do Ademar não era certamente boa companhia, isso era fato, mas não me pareceu ser dado a agressividades e a violências. Estava morrendo de medo de ser atacado pelos caras que o perseguiam, porque ele presenciou o crime. Na certa, trataria de dar o fora, assim que anoitecesse, coisa que aconteceria em mais alguns minutos, já que passava das seis horas da tarde e o pessoal da faxina, que ficava no andar de baixo do hotel, já estava se preparando para deixar o edifício.

Minutos mais tarde, Ademar se foi realmente, deixando-nos mudos e aliviados com a sua partida. Tudo parecia voltar ao normal. Lá fora, a única coisa que podíamos ouvir era o barulho do vento soprando nas folhas dos coqueiros, além do soar distante das vozes dos empregados que se despediam. Ademar já estaria, a essas horas, no Arraial, longe dos criminosos e da polícia, que poderia surgir a qualquer momento em busca de evidências. Quanto a nós, a melhor coisa que poderíamos fazer era fingir que nada havia acontecido. Apenas deixávamos o apartamento, naquele momento, em busca de um relax noturno no restaurante. Mas, antes, ligamos para o Doutor João Paulo, a fim de lhe falar da normalidade da nossa situação.

"Por aqui, está tudo uma beleza", lembro de ter dito a ele, ao celular, rezando para que não houvesse a necessidade de enfrentar mais alguma novidade desagradável. Conforme o combinado, iríamos ao restaurante e teríamos a nossa ceia longe de qualquer problema, esquecidos do extraordinário desconforto que tinha sido a presença de Ademar em nosso quarto.

Já passava das nove horas, quando regressamos ao apartamento, os estômagos mais que forrados e agradecidos pelas maravilhosas iscas do *chef* e as mentes dispostas a esquecer os infaustos acontecimentos da tarde. O Doutor João estava tranquilo também e, como todo bom geriatra, não gostaria de me alarmar com conselhos radicais. Para ele, seria o bastante manter o sigilo e não dar papo para ninguém. Afinal, em mais dois dias, estaríamos finalizando a nossa temporada de descanso e retornaríamos a

Belo Horizonte. Até lá, o negócio era curtir a praia e a Bahia e acreditar na sorte. Com um pouco dela a nosso favor, tudo acabaria muito bem. Embalados por esses pensamentos otimistas e decididos a sepultar de vez os desagradáveis acontecimentos do dia, fizemos as nossas preces aos deuses da noite e tratamos de pegar no sono. Mas, coisas ruins, péssimas mesmo, nos esperavam adiante, surpreendendo-nos ainda insones.

12.

Eu diria que todo o restante do nosso calvário começaria com uma sequência de batidas nervosas em nossa porta. Abri, ainda sonolento, e vi que pelo menos três pessoas estavam à nossa procura. Um deles aventara a hipótese de que pudéssemos fugir com a chegada do grupo, por razões, para mim, totalmente desconhecidas.

No entanto, o sujeito, que parecia ser da polícia, insistia na hipótese da fuga, o que fez com que os demais o acalmassem. Para azar de todos eles, ao que parece, Lídia e eu éramos, à primeira vista, apenas um casal de turistas em férias, nada mais que isso. E, como tal, não nos ajustávamos exatamente à versão de que poderíamos fazer parte de alguma quadrilha ou coisa que o valha, um grupo criminoso que abrigasse inclusive assassinos.

Naquele momento, porém, não sabiam exatamente o que me dizer. Ficaram, por algum tempo, vistoriando o nosso quarto como se procurassem mais alguém e, somente depois de concluírem a vistoria, viraram-se para mim e explicaram o motivo de sua presença ali no meio da noite. Eram mesmo da polícia, quer dizer, dois deles. O terceiro pertencia à gerência do hotel e lamentava profundamente o incômodo. Os policiais queriam fazer algumas perguntas na delegacia, naquela noite ainda, e pediam que nós fôssemos até lá.

Respondi que julgava a vinda do grupo até o apartamento àquela hora uma intrusão criminosa em nossa intimidade. Isso, eu disse olhando fixamente para o policial que me pareceu o mais açodado do grupo, o mesmo que, aliás, aventara a hipótese estapafúrdia da nossa fuga.

Enfatizei que poderíamos prestar os esclarecimentos no dia seguinte, no hotel mesmo, mas, desde já, exigíamos a presença de um advogado. Não estávamos dispostos a dizer nada e muito menos a assinar depoimentos, sem que fossem previamente esclarecidas as acusações que pesavam sobre as nossas cabeças.

O arremedo de defesa, que declinei com voz resoluta, parece ter produzido algum efeito. Porque o figurão que parecia ser o delegado adiantou-se ao grupo e disse que acreditava, com toda a sinceridade, que poderia ter aquela conversa no hotel mesmo. Afinal de contas, estavam apenas no início das investigações e não conheciam os fatos com maior profundidade. Sabiam apenas que um sujeito de nome Estevão, naquele dia, tinha procurado a polícia e confessado que estivera, horas antes, em nosso quarto, no hotel, ameaçado sob a mira de um revólver de grosso calibre, até conseguir escapar num momento de descuido nosso. O motivo de sua detenção ilegal em nosso quarto tinha sido, ao que parecia, o meu medo de que ele relatasse à polícia um crime do qual ele era testemunha.

De acordo com o tal Estevão, que havia se identificado para nós como Ademar, Lídia e eu tínhamos participado da tal festinha de embalos, no apartamento da modelo, em companhia de outros homens. Lá pelas tantas, sempre acompanhado de outros caras, eu teria atirado o corpo seminu da modelo, empurrando-o da varanda do apartamento até o mangue que fica nos fundos do hotel. Lá, o corpo foi encontrado pelo pessoal da faxina.

A história era simplesmente esdrúxula, cheirava a uma armação amadorística e me punha no centro dos acontecimentos. Pelo que a testemunha dissera, eu era uma espécie de comandante do grupo criminoso. Tinha interesse imediato na morte da modelo e agira o tempo todo no sentido de exterminá-la. É isso mesmo, lembrou Lídia, um exterminador de jovens indefesas era a acusação que pesava de imediato sobre a minha pessoa.

Mas, depois daquilo tudo, quer dizer, de toda aquela idiotice mal contada, restava saber onde afinal estava o tal Estevão, que eu sequer conhecera. Será que ainda andava pelo Arraial ou simplesmente inventara aquela história fantástica para se escafeder logo em seguida? Depois de me delatar de maneira fantasiosa, Estevão ainda encontrara fôlego para dizer que, no passado, eu havia sido uma espécie de empresário da modelo assassinada. E, ainda por cima, tivera com a moça um dos casos mais rumorosos do circuito de espetáculos Rio-São Paulo, porque éramos, os dois, figuras conhecidíssimas e já tínhamos feito, inclusive, shows envolvendo muita pornografia.

Em sua história maluca, o tal Estevão dizia que, depois de alcançarmos algum sucesso, tínhamos nos separado, de maneira também rumorosa, cada qual remoendo as suas decepções e desapontamentos e exigindo coisas um do outro. Ela pensara em me chantagear e, nisso, de acordo com Estevão, poderia residir certamente o motivo do crime. Afinal, era bem do meu feitio lançar mulheres jovens e sensuais no mercado, torná-las conhecidas e, em seguida, explorá-las da forma mais insidiosa possível. Nesse ponto, a presença de Lídia ao meu lado ajudava a dar ares de credibilidade à versão do sujeito, segundo a qual, uma vez mais, estava montado o circo necessário às minhas maquinações mais criminosas. De um lado, eu era, de novo, o sujeito mais velho que vivia em companhia de uma mulher mais nova. O cenário posto agora, à vista dos policiais, era mesmo o da narrativa de Estevão. Cometido o crime, eu havia prometido escondê-lo, até que as coisas assentassem por ali, levando-o ao meu apartamento sob a mira de uma arma e abrigando-o lá, até que a noite caísse. Seria óbvio, a essa altura, que eu tivesse escondido o revólver usado na condução coercitiva de Estevão até o meu quarto, depois de desistir de procurá-lo pelo hotel e me conformar com a sua fuga.

O excesso de pormenores enfraquece sempre as versões criminosas e as aproximam de narrativas decoradas. É o que se pode apreender, preliminarmente, quando se estuda a crônica dos crimes. Aquela história contada por Estevão tinha detalhes demais, personagens demais e tempo demais. Em razão disso, não era minimamente sustentável. Primeiro, porque nem Lídia nem eu vivíamos no eixo Rio-São Paulo, e, segundo, porque nós éramos apenas um casal em férias, nada mais que isso. Se havia um festival de cinema por ali, atraindo um monte de gente para a Bahia, isso poderia ser eventualmente um problema para a polícia. Para nós, era apenas mais um festival de cinema que se realizava nalgum ponto do país. Considerando, por outro lado, o interesse da polícia na nossa presença, melhor seria que pusessem alguém para nos vigiar, pelo menos por aquela noite, e continuássemos a nossa conversa na manhã seguinte. Até lá, inclusive, eu poderia reunir provas robustas de que não era criminoso, nunca conhecera o tal Estevão e, muito menos, a tal modelo assassinada. Passava já da meia noite, não havia flagrantes a serem anotados e a solução proposta caminhava na direção do apaziguamento total dos ânimos.

Depois de confabular com o policial, o delegado se dirigiu a mim e ao gerente do hotel, que, como eu, demonstrava viva contrariedade com o ocorrido, informando que aceitaria a proposta. Acho que também contribuiu para isso o ar entediado e de poucos amigos da Lídia. Estava cansada, a minha pobre mulher, não tinha a mínima aparência de artista de filmes pornô, e queria ficar a sós comigo para poder me confidenciar o que pensava daquilo tudo. De repente, a pousada seis estrelas, de mil e uma recomendações nas revistas de turismo e nota dez nas colunas especializadas, se transformara numa verdadeira casa de loucos, com direito a crimes e assassinatos na madrugada e a mulheres seminuas sendo jogadas do alto de varandões.

Para piorar ainda mais a coisa, havia o tal festival de cinema, que ninguém sabia mais como acabaria, com a polícia marcando presença ostensiva, querendo interrogar todo mundo e prender uns tantos. A saída providencial dos sujeitos do nosso quarto, deixando-nos a sós, permitiu-nos acionar imediatamente os nossos meios. Liguei para o Doutor João Paulo, pouco me importando para o avançado das horas. Tirei o pobre da cama e narrei a ele tudo o que acontecera conosco. Àquela altura, eu já não sabia mais o que poderia acontecer em seguida. Sabia apenas que eu era o alvo maior da polícia, considerado mentor e chefe da organização criminosa responsável por toda aquela confusão. Lídia seria, no máximo, uma coadjuvante, fato que me permitia concluir que ela estaria liberada pelas autoridades para voltar a Belô daí a dois dias, quando encerrava o período da nossa reserva no hotel.

As informações por mim prestadas, de uma maneira afobada, pareciam encher o Doutor João de um ardor que eu jamais conhecera. Pareciam fazer com que ele se sentisse ainda mais responsável por mim e por minha família e, como um afilhado e sobrinho dileto e ciumento, eu o via remoer o desejo de estar comigo e o arrependimento em me receitar aquelas curtas férias, que estavam se revelando, também, um pequeno desastre. De qualquer forma, tudo se arrumaria no dia seguinte, disso ele tinha certeza. Ele cuidaria pessoalmente de ligar para o nosso advogado, o Doutor Mendonça, além de acionar um auxílio muito próximo, em quem ele depositava total e irrestrita confiança. Esse auxílio iria certamente nos livrar da boca do dragão onde estávamos metidos, ele estava certo disso. Que permanecêssemos juntos e tranquilos, portanto, e sobretudo, não perdêssemos a esperança. A cavalaria estava a caminho e, se preciso, bateria forte nos nossos inimigos. Tudo como deveria acontecer na carga decisiva das grandes cavalarias.

13.

O policial que estivera no nosso quarto com o delegado e o funcionário da gerência do hotel, um sujeitinho de nome Milagres, filho de Virgem da Lapa, no Vale do Jequitinhonha, dormiu na nossa porta aquela noite. Tinha recebido ordens estritas de não deixar que saíssemos para qualquer lugar e isso o obrigou a ficar insone a noite toda, depois de se acomodar de maneira precária, num espaço exíguo, debaixo da escada do andar.

Chamava-se Ronei. Ronei Milagres. E conhecia bem o Vale, onde nasci e passei a minha infância. Em razão disso, não foi tarefa difícil iniciar com ele um diálogo dos mais proveitosos. Pois o Ronei tinha certa simpatia por mim e por Lídia, mulher que ele reconhecia, de imediato, não estar ligada a nada que lembrasse pornografia. Ele estava certo disso, porque conhecia a coisa profundamente. Seus oito anos de polícia na Bahia lhe garantia a certeza. Por enquanto, estava ali cumprindo a sua tarefa de nos vigiar à distância, certo de que não haveria nada de extraordinário no nosso procedimento. Para ele, éramos aquilo mesmo, quer dizer, um casal de bons cidadãos em férias, e tudo se esclareceria da melhor forma, pela manhã.

Nem é preciso dizer que lhe agradeci pelo entendimento e pelos gestos de amizade que fizera em nosso favor, escondendo-se debaixo da escada e não impedindo a passagem dos demais hóspedes que estavam, agora, a caminho do salão do café. Passavam pela nossa porta conversando a respeito do crime, trocando impressões e se lamentando pelo momento em que o hotel se metera na realização do tal festival de cinema. Para uns, tinha sido um erro trazer para a pousada indivíduos que eram apenas curiosos e não queriam outra coisa senão tirar proveito da presença de artistas, empresários e pessoal da imprensa para levar alguma vantagem indevida. Esses tipos eram por demais conhecidos de todos, as mulheres não passavam de garotas de programa disfarçadas de modelos, e os caras, na maior parte das vezes, não passavam de cafetões e rufiões em busca de negócios escusos.

Àquela altura, a conversa corrente entre os hóspedes era das mais tensas e nervosas e difamava a imagem do hotel que tanto custara aos proprietários consolidar. Falavam abertamente de erros absurdos cometidos pela gerência na escolha dos hóspedes, além de criticá-la por não ter atendido, de maneira mais conveniente, as autoridades encarregadas de investigar o crime, trazendo-as para dentro do hotel e deixando que policiais se misturassem aos hóspedes, importunando-os. Ninguém ali sabia de nada e a culpa seria certamente das pessoas mal-encaradas que viajaram de longe, a pretexto de ver o festival, e se hospedaram nos últimos dias.

O ambiente confuso não deixava de ser observado por Milagres, que não me pareceu um sujeito ignorante de todo e tinha lá as suas razões, quando insistia para que fôssemos até a delegacia dar os nossos depoimentos. Para ele, tudo se resolveria da maneira mais rápida e prática possível, bastando que apresentássemos provas de que vivíamos em Minas e tínhamos outras preocupações na vida, em nada parecidas com atirar modelos seminuas do alto de varandas. Sua certeza, pelo jeito, decorria diretamente de suas profundas convicções como policial experiente e dedicado que sempre fora. Ainda naquele dia, as coisas se resolveriam, disso ele não tinha a menor dúvida.

Falei com o agente Milagres, antes de deixar o apartamento para o café da manhã. Ele foi extremamente gentil em nos desejar um bom dia sonoro e amigo, e não mais o vi desde então. No café, enfrentamos o tumulto de sempre. Entre uma garfada e outra dos excelentes quitutes da Bahia, preparados com esmero pelos *chefs* escolhidos da pousada, chegou a notícia de que o primeiro filme do festival seria exibido naquela tarde. Graças a um convênio celebrado dias antes com o pessoal da pousada concorrente, a maior parte dos artistas não ficaria conosco.

Os bonitões do momento, visados pela imprensa, tinham preferido um hotel mais barato, que não tinha nem de longe o nosso luxo e os nossos confortos, mas estava situado numa rua bem mais próxima do centro do Arraial onde a imprensa, aliás, armara uma verdadeira praça de guerra só para relatar melhor os acontecimentos. Câmeras, computadores, notebooks, tablets, banners, o diabo, se amontoavam na praça principal e davam ao lugar uma aparência futurista.

O mundo, de repente, era aquilo. Aquela exposição confusa de tecnologia, erguida no espaço de algumas horas e voltada para a exaltação da beleza do homem e da falsidade que o cerca. O pensamento, que eu creditei depois a Lídia, podia ser emprestado a mim e à minha velhice. Sem saber como me mover em meio àquilo tudo, eu me dividia entre a crença de não pertencer àquele mundo e o despeito por não ter sido convidado por ele para mais um de seus banquetes. Afinal, de uns temos para cá, era este o sentimento recorrente que me assaltava com frequência. O de que a minha velhice me fragilizava e me feria, além de me empurrar, o tempo todo, para longe daquelas novidades.

14.

Ninguém sabe, até hoje, de onde partiu o tiro nem quem efetuou o disparo que feriu gravemente o agente Milagres, naquela manhã, à porta do meu apartamento, situado no andar térreo do hotel. Sabe-se apenas que o projétil partiu de uma pistola automática de fabricação italiana, uma Beretta calibre trinta e oito, manejada, ao que parece, com extrema maestria, por um também suposto exímio atirador.

Postado a uma distância de pelo menos dez metros, o criminoso conseguiu atingir o peito do agente Milagres, num ponto extremamente letal. Não fosse a grossa carteira de couro cru que usava num dos bolsos superiores do paletó, Milagres estaria, a essas horas, recebendo as últimas homenagens, em seu funeral. Não obstante a sorte do agente, o ferimento foi grave o bastante para tirá-lo de circulação e interná-lo no hospital da cidade por um bom tempo.

O atentado coincidiu com a chegada ao hotel do Doutor Mendonça, meu advogado, acompanhado de mais outra pessoa, uma mulher de meia-idade, alta, forte e com uma voz um tanto afetada pelos inúmeros cigarros que costuma tragar de uma maneira extravagante. Os dois informaram ao gerente na portaria que haviam sido encarregados pela minha família, em Belo Horizonte, de fazer contatos na cidade e estavam ali à minha procura. Ambos deixaram os cartões de visita com o atendente, informando ainda que pretendiam passar o dia na delegacia, se inteirando por completo dos fatos por mim descritos ao telefone.

O pessoal da portaria tinha ordens severas de evitar que mais pessoas tivessem conhecimento do acontecido. Em razão disso, trataram de conduzir os novos visitantes a uma saleta que havia nos fundos do hotel, bem distante do olhar curioso dos hóspedes. Ali, poderiam dialogar em segredo com quem quisessem, conforme recomendações expressas da diretoria, já desgastada com as repercussões do crime, da investigação policial e daquela confusão toda.

Tudo estaria inteiramente combinado, no sentido de se evitar mais escândalos, e caminharia assim, não fosse a chegada conturbada, ao salão do café, de uma faxineira do hotel com a péssima notícia sobre o atentado ao policial. O fato é que a moça tentou socorrer o agente Milagres, que se esvaía em sangue, atingido à queima-roupa por um tiro no peito. Estendido em decúbito dorsal no chão frio do andar, Milagres tateava entre a vida e a morte, balbuciando coisas ininteligíveis e tentando dizer algo, antes de ser tomado pela inconsciência própria dos feridos com gravidade. Sua experiência de policial parece tê-lo ajudado naquela hora de angústia, porque ele se agarrou com força aos braços da faxineira e fez sinal para que ela saísse em busca de socorro.

15.

O Colt calibre trinta e oito é o preferido dos profissionais. Não tem o peso nem o estampido barulhento do quarenta e cinco. Não obstante, os seus resultados letais são praticamente os mesmos, quando manejados por um atirador de elite.

O diagnóstico do atentado, feito por Abigail, naquela tarde, na delegacia de polícia da cidade, chocou-nos a todos pela crueza descritiva e pela precisão. De acordo com ela, quem atirou em Milagres sabia muito bem o que estava fazendo e não precisava de muita proximidade para atingi-lo. Certamente estava acostumado a matar e, se preciso, poderia repetir a dose, escolhendo qualquer um de nós para ser sua próxima vítima. A ideia de que havia alguém com uma arma tão afiada à minha procura não me agradava nem um pouco. Com um pouco mais de conversa, Abigail poderia fazer com que Lídia simplesmente entrasse em pânico. Depois de se deliciar, durante alguns dias, com o clima morno da Bahia, uma dádiva dos céus, como ela dizia, minha mulher passara a viver, subitamente, um grande pesadelo.

Aturdido com as péssimas novidades, nem tive tempo de me acostumar com a presença da mulher que o Doutor João Paulo, meu sobrinho e geriatra, me arranjara, com a incumbência de resolver os meus aflitivos problemas. Já tinha visto a figura em ação, discutindo com a polícia de igual para igual e até dando ordens dentro da delegacia como se fosse uma pessoa da casa. Em tudo e por tudo, ela deixava atrás de si um rastro e um perfume desconhecidos, não muito condizentes com a sua condição de mulher elegante e aparentemente educada. Por outro lado, demonstrava atributos que cheiravam, de longe, a profissionalismo, e isso as autoridades tinham muita dificuldade em assimilar. Abigail era simplesmente um ponto fora da curva, como se diz nos dias de hoje, e não parecia nem um pouco preocupada em retornar ao seu primitivo lugar, se é que algum dia ela tivesse permanecido nele de maneira comportada. Na certa, pertencia ao círculo de admiradores do rico dinheirinho do Doutor João Paulo, um sujeito muito viajado que conhece gente do mundo todo. Todavia, começar a farejar as safadezas inconfessáveis, além do círculo secreto de amizades do meu médico geriatra, não me pareceu o melhor a fazer. Abigail queria me conhecer de perto e estava sendo paga para me proteger. Já tinha dito algumas coisas em minha defesa e se mostrava como um cão bravio que não gosta que pessoas estranhas se aproximem de seu dono. Isso, ela demonstrou de uma maneira toda especial, quando finalmente se apresentou para Lídia, minha mulher, antes de iniciarmos o depoimento na delegacia.

“Combinei com o Doutor João que o mais conveniente agora é que senhora parta para Belo Horizonte e o seu marido permaneça na cidade sob os nossos cuidados, até que tudo seja esclarecido.

Não queremos forçar nada, a princípio, e iremos resolver o problema em mais alguns dias", Abigail concluiu. Conforme informações prestadas pela polícia, eu estava indiciado no inquérito, a partir daquele dia, pelo fato de ter abrigado um suspeito em meu quarto. Apesar de o sujeito não se chamar Ademar, conforme ele próprio nos dissera, era uma carta marcada no baralho das investigações. Seu prontuário na polícia demonstrava ser ele um velho frequentador de inúmeros cenários criminosos. Na verdade, não passava de um falsário conhecido das autoridades pela sua capacidade de mentir e utilizar-se, ao mesmo tempo, de inúmeras identidades.

Nos últimos tempos, passara a chamar-se Estevão e tinha também por costume e tática desaparecer como uma sombra, depois de espalhar intrigas e mentiras as mais deletérias. Pelo que me disseram na delegacia, o seu comportamento teria sido exatamente assim naquela tarde. Procurara o plantonista e fizera, por escrito, um relato minucioso do que ele mesmo chamava de crime quase perfeito, cometido nas barbas das autoridades, com a crueldade costumeira das quadrilhas que operavam na chamada rota do sol. Apesar de a veracidade de suas palavras estar sendo questionada pelas autoridades, em razão de seu prontuário de falsidades, Estevão, seja lá qual for o seu nome verdadeiro, revelou detalhes confirmados num segundo momento pelos peritos encarregados de elaborar o laudo técnico. Por exemplo, a mulher usava uma calcinha preta e tinha tatuagens na altura dos mamilos e nas nádegas, signos que pareciam pertencer a alguma seita desconhecida, própria das gangues de traficantes. Conservava, além disso, junto aos seus pertences, anotações que poderiam esclarecer o seu completo relacionamento, tanto com os seus clientes de pornografia quanto com os seus comparsas do tráfico de drogas, com os quais dividia o resultado dos seus atos. Tudo isso formava um acervo valioso que não poderia ser descartado, em hipótese alguma. Além do mais, a sua presença no nosso quarto, descrita com detalhes na peça em me denunciava, valia como um indício da minha participação nos ilícitos. Daí, a necessidade da minha presença no inquérito nos próximos dias. Até que eu provasse a minha inocência, as autoridades não poderiam me dar um salvo-conduto. Quando muito, liberariam a Lídia, que já provara ser artesã registrada no sindicato próprio, em Belo Horizonte, e estava ligada a mim como minha legítima esposa.

"O Doutor João Paulo me pediu que arranjasse um lugar para alojar você até que as coisas se esclareçam. Amanhã, cuidaremos da viagem de sua esposa", Abigail me disse aquela tarde, indicando o sobradinho amarelo de janelas azuis, que ficava numa das principais ruas de Arraial.

"Esteja tranquilo que ficarei bem próxima. Se o senhor não se importar, pretendo ocupar o andar de baixo do sobrado", concluiu, depois de se certificar de que eu aceitava o arranjo como um autômato, parecido com os robôs de "Guerra nas Estrelas". O que Bia (ela era mais conhecida pelo apelido, conforme tivera o cuidado de me confidenciar) pretendia era, nada mais nada menos, se transformar na minha curadora. E isso, apesar de toda admiração que eu pudesse ter pela fêmea estranha que se postava à minha frente, misto de Minotauro e Afrodite, eu não permitiria de maneira alguma. Iria defender, até o fim, por conta própria e risco, a minha honra e a minha dignidade de macho já gasto, porém de pé, como todo velho que se preze. A frase tinha o gosto amargo da inutilidade, mas servia para aumentar a minha determinação.

No dia seguinte, o embarque de Lídia, como já era esperado, transcorreu em meio a choros e ameaças. Para ela, era difícil, dificílimo, separar-se do seu velho amor de tantos anos. Eu deveria, ao contrário, continuar mantendo, a muito custo, as minhas emoções de um adulto acostumado a situações como aquela. Nunca tinha sido, antes, envolvido em crimes, mas isso não me credenciava a ser covarde. Ia ficar para limpar o meu nome e prosseguir na minha jornada de velho que não se deixa abater pelas incongruências da vida.

Na hora do embarque, Lídia finalmente se convenceu do combinado. Perguntou-me pelos remédios, se eu me lembrara de tomá-los naquele dia e eu lhe menti descaradamente que o Doutor João não iria deixar que eu falhasse com o tratamento por ele prescrito, dias antes. Que ela se fosse com a alma leve, deixando para Abigail a solução de nossos problemas comuns. Deveria, naquela hora de angústias, estar pensando no nosso encontro, em mais alguns dias, quando nos lembraríamos e riríamos, os dois, abraçados, de tudo aquilo.

16.

O sobradinho amarelo de janelas azuis revelou-se, desde cedo, um lugar escolhido a dedo para ser o nosso abrigo. Só tinha uma porta que dava para a rua, de modo que quem entrasse no prédio teria que passar obrigatoriamente pelo quarto de Bia, no andar de baixo. Para me atingir, o suposto invasor teria, ainda, que subir a escadinha esquálida e estreita, que levava ao andar superior da casa e rangia praticamente em todos os seus degraus. Lá, ficava o meu quarto cheio de silêncio e de solidão, um lugar escolhido com cuidado por Abigail, para eu assistir ao lento escoar das horas e rezar para que aquilo tudo tivesse um breve final.

Não era um lugar tão confortável quanto o nosso apartamento no hotel seis estrelas, mas aquele não era um tempo propício para luxos de qualquer natureza. O quarto me servia perfeitamente e Abigail, no andar de baixo, me tranquilizava com a sua presença um tanto máscula e protetora. Pensar nela como uma mulher com predicados visivelmente masculinos, uma mulher feroz e decidida, servia para me consolar um pouco, pelo fato de eu estar tão à sua mercê. Afinal, eu não poderia deixar de reconhecer que era debaixo de suas asas que o tempo se tornara, no mínimo, razoável, a temperatura, morna, e as horas passavam devagar. Sem deixar de ser mulher, Abigail era o ser indefinido que me faltava naquele exato momento, e pronto. Que a distinção precisa e imaculada de sexos fosse para o inferno. O Doutor João Paulo, mais uma vez, provara a sua inteligência de geriatra sobre a minha indigente fraqueza.

Entrementes, o clima para as autoridades ia de mal a pior. O hotel, chocado, a essa altura, com a repercussão negativa do ocorrido, acionara um batalhão de advogados, cada qual mais preocupado que o outro em aparecer. Seguindo à risca o que havia sido previamente tratado entre eles, montaram uma claque na porta da delegacia e passaram a contabilizar, em público, os prejuízos sofridos com a intervenção da polícia, que, de maneira assaz inconveniente, interrogou hóspedes e colheu depoimentos aleatoriamente sem chegar a qualquer. conclusão. Interagindo com o grupo, o Doutor Mendonça falava em meu nome e em nome do meu médico, e ameaçava acionar todo mundo, ali mesmo. Queria uma indenização pesada pelo incômodo causado a mim e à minha esposa, um casal destacado da sociedade mineira.

A ineficiência das autoridades encarregadas do caso estava no ar, incomodando os hóspedes e sendo objeto de reportagens as mais cáusticas. De todos os lados, era comum o surgimento de críticas pesadas e avisos de intervenção das esferas superiores, que já deveriam, na opinião de muitos, estar à frente das investigações.

"Os caras estão tateando na escuridão como um bando de aloprados", arriscou um dos advogados dos hoteleiros, o mais agressivo deles, aliás, depois de se entrevistar com o repórter de uma sucursal de São Paulo e dizer que o crime estava exigindo a imediata presença dos federais para ser elucidado. Na opinião da imprensa, o festival não poderia ter aceitado a presença de neófitos para conduzir os participantes. O que se via ali, no Arraial, era, na verdade, um festival de incompetência e amadorismo.

Para os donos da pousada em que estávamos, os prejuízos eram mesmo enormes. A maioria dos hóspedes se recusou a pagar as taxas de saída e prometeu acionar o hotel na justiça, solicitando a restituição das quantias adiantadas. Os restaurantes foram fechados e, de onde estávamos, era possível ver que os carros não mais transitavam na nossa rua, transportando passageiros em direção ao hotel. O clima teria esquentado ainda mais com o tórrido bate-bocas acontecido naquela tarde, envolvendo os representantes do hotel e os delegados encarregados do caso. Falaram em incompetência das autoridades, de uma maneira muito crítica e cáustica, principalmente agora, quando souberam que o tal do Estevão, ou Ademar, considerado o responsável direto por todo o prejuízo, teria desaparecido por completo sem deixar pistas. Num momento de descuido e antes que o pessoal da delegacia pudesse lhe dar voz de prisão, o bandido escorregou para o trânsito da rua direita e desapareceu em direção à praia, sem que ninguém notasse a sua escapada. Para muitos, aquilo era o coroamento da incompetência paquidérmica de quem estava encarregado de vigiá-lo. As acusações eram muitas e vinham de todos os lugares. As autoridades não sabiam o que fazer nem o que dizer, e preferiram encerrar o dia, depois de prometerem que a polícia não deixaria o sujeito escapar da justiça.

Fomos para casa, Abigail e eu, em silêncio, ruminando cada qual as suas dúvidas. Quais seriam, afinal, as intenções daquela mulher tão estranha que o destino jogara repentinamente em meu caminho? Teria ela surgido exatamente para desmentir as minhas crenças? Apesar de todo o meu conhecimento e de toda a experiência acumulada ao longo de setenta e sete anos bem vividos e bem contados, algo por dentro me dizia, muito confidencialmente, que eu nada sabia a seu respeito nem estava preparado para enfrentar tal enigma. Abigail era misteriosa demais, era inédita demais, era, por vezes, fria demais com o acontecido e com todos que a cercavam. E, a cada passo seu crescia mais o meu medo e a minha insegurança em tê-la por perto. Só mesmo um filho da mãe como o Doutor João Paulo, com a sua modernice de geriatra, poderia ter me arranjado aquela figura.

Será que ela era uma mulher como as outras? Seria, por acaso, capaz de gerar filhos e enfrentar a maternidade? Ou seria um desses seres mais modernos, de sexualidade hermafrodita, mista ou indefinida, que dispensaria companheiros à sua volta e só se aproximaria dos homens para enfrentá-los ou exterminá-los? Meu Deus, estaria eu lidando com uma criminosa confessa, alguém que nos enganara a todos, inclusive ao Doutor João Paulo, com seu ar professoral e, ao mesmo tempo, ingênuo? Tudo isso eu guardava para mim, enquanto me encaminhava em direção ao sobradinho amarelo, Abigail ao meu lado, carregando a bolsa de embira trançada, que bem poderia esconder algumas de suas armas.

Na delegacia, ela exibira para todos o trinta e dois que usava preferencialmente, um revólver com cabo de madrepérola e cano prateado, uma arma que só poderia pertencer a um colecionador apaixonado. Com ele, teria matado alguém? Ninguém ousou fazer a pergunta, mas ficou pairando uma dúvida miserável na cabeça de todo mundo que ouviu a narrativa de Bia. Ela falava do revólver como quem fala de uma joia de estimação. Tinha estado com ele nos últimos anos, numa simbiose maluca e feita sabe-se lá de quais ousados, tenebrosos e inconfessáveis acontecimentos. Incompetentes eram mesmo os caras da delegacia, já que a tudo assistiam, extasiados com a presença daquela mulher chamada Abigail, um nome também estranho, que era acompanhado pelo apelido amaciante e derivativo de Bia.

Eu não iria chamá-la de Bia. Nunca, em toda minha vida. Não tinha intimidade para tanto nem queria ter, ainda que conseguisse, um dia, definir a sua verdadeira identidade. Para mim, por ora, ela era Abigail, a suposta protetora dos fracos e desvalidos da sorte, ou coisa parecida. Estava ali para me proteger até que a polícia parasse de me olhar com desconfiança. De minha parte, eu me comportaria conforme prometera ao Doutor João Paulo, acompanhando os passos de Abigail e dormindo agasalhado sob o seu manto de origem e confecção desconhecidas. Por isso, era tempo de eu me recolher ao meu quarto, que ficava no andar de cima e poderia ser alcançado pela escadinha de miseráveis dimensões e mil degraus que desafiavam a minha velhice.

Senhor meu, pensei em rezar antes de me recolher ao leito, os olhos semiadormecidos de cansaço e sono. Àquela altura, a pieguice e a falta de autenticidade da minha oração não me afetavam nem um pouco. Aqui estou entregue à Vossa benevolência e misericórdia como um inocente cordeiro pronto para o sacrifício. O meu algoz não é, como eu sempre supus, um conhecido meu ou mesmo um inimigo. Aliás, Senhor, tive pouquíssimos inimigos, ao longo da minha longa vida, o Senhor mesmo é testemunha. Hoje, não chego sequer a contá-los por tão poucos e insignificantes. Como eu dizia, o mais certo é que o meu algoz não seja sequer meu adversário e meu inimigo, já que foi indicado por aquele que cuida da minha velhice como uma doença que tivesse cura. Para ele, dirijo toda a minha atenção e os meus cuidados. Não posso entender, ademais, a razão de sua presença em minha vida, tão carente de novidades. De repente, surge o meu algoz, é isso. Aparece à minha frente e não se apresenta como um ser como os demais. Ao contrário, esconde-se num disfarce que imagino ser híbrido e...

Abro os olhos e vejo que Abigail já se aprontou toda, trocou de roupa e se prepara para ganhar a rua. Está muda como de costume e parece não se importar um mínimo com a minha presença. Devo ser mesmo um peso morto em sua vida, imagino, e não sei, a esta altura, por que motivos ela quer que eu a acompanhe numa jornada noite adentro, já que de nada valho e nada peso em sua estranha contabilidade.

Abigail me disse que era maranhense e isso não serve para explicar a sua origem. Conheço muito pouco o Maranhão, nunca estive por aquelas bandas, nem mesmo quando fui parar em Manaus, por conta de um estudo sobre a Zona Franca que a Universidade me encomendou, há não sei quantos anos atrás. Só lembro que a minha companheira de tese era uma maranhense, uma mulher nota dez, de nome Feliciana, por quem tenho grande admiração e de quem nunca pude me esquecer pelo brilhantismo de suas conclusões. Por causa de Feliciana, nosso trabalho foi elogiado, e o Maranhão nunca mais foi o mesmo em minha cabeça, desde aquela época, cheia de teses acadêmicas, mestrados e doutorados.

Pois a Abigail que me acordou e que pede para eu me aprontar e acompanhá-la em seguida, como um cão amestrado, nada tem a ver com as minhas lembranças do Maranhão. Pertence a outro mundo, certamente. Anda armada, conforme pude vê-la carregando com extremo cuidado o tal revólver trinta e dois, e deve guardar outras armas na bolsa que leva a tiracolo, como se fôssemos participar de um tiro ao alvo explosivo na praia. Não sei se pretende matar alguém, aproveitando-se da noite, que é um tanto escura e só serve para aumentar ainda mais o meu medo.

Aonde vamos, não sei. Não sei também qual roupa devo usar, mas, das agruras dessa angústia, Abigail não quis compartilhar comigo. Ignorou-me completamente, sentada no único sofá da sala de visitas que fica no andar de baixo do sobradinho. Para ela, ao que parece, qualquer coisa que eu vestir estará bom para a ocasião, que, aliás, eu desconheço inteiramente qual seja. Vamos à boate

Splendore, ela diz, sem me esclarecer mais nada. Como um cão fiel, ou menos que isso, devo obedecê-la sem questionar as suas ordens. Isso, o Doutor João Paulo já havia me confidenciado, me fazendo jurar, pela alma do meu pai, que a seguiria sempre em silêncio, prestando a maior atenção possível às suas orientações e conselhos.

17.

O lugar era um misto de salão de tango argentino e boate de strip-tease, estilo Pigalle, em Paris. Ficava num dos becos do centro de Arraial, espremido entre a lojinha de souvenirs e o restaurante especializado em peixadas regadas a dendê, e, por isso mesmo, tinha o cheiro peculiar das coisas baianas. O restaurante vizinho não deixava de soltar regularmente, pela sua chaminé, o odor acre dos temperos. Nessas ocasiões, o beco se enchia de fumaça e gordura e ameaçava impregnar a nossa roupa com uma inhaca das mais repugnantes.

Pela porta minúscula, que se abria para dentro como num *saloon* de faroeste, era possível ao visitante ganhar o galpão amplo e iluminado por muitos holofotes, e se perder no movimento lá de dentro. Não havia paredes laterais, o que garantia a circulação do ar e o arrefecimento do ambiente.

Como de costume, o inesperado me aguardava uma vez mais, sem me dar sequer a chance de protestar pelo fato. Havia uma mesa reservada em nome de Abigail, a do canto direito do palco. De lá, seria possível enxergar quase toda a casa, que tinha o nome pomposo de Splendore. Como o show principal só começava à meia noite, tínhamos algum tempo ainda para nos acomodar e aguardar pelo espetáculo.

O garçom que nos acompanhava era novato na profissão e estava em dúvida se Abigail era realmente o nome da mulher que parecia liderar o estranho par à sua frente. De qualquer forma, comportava-se como um perfeito *gentleman*. Antes de nos informar que o show principal da noite não tardaria a começar, arrastou as pesadas cadeiras pela ardósia do assoalho e fez sinal para que nós nos acomodássemos na mesinha próxima à pista. A casa, a essa altura, fervilhava de gente e a expectativa em torno do início do espetáculo da noite parecia contagiante. Saber que um número novo e inédito seria apresentado naquele lugar, à meia noite em ponto, só servia para aumentar ainda mais a nossa curiosidade a respeito.

A hora chegou. Um mestre de cerimônia, vestido de maneira bizarra e ostentando enorme cartola, subiu ao palco e anunciou o tão esperado número. Foi a vez do conjunto musical, formado de piano, violão elétrico, bateria e contrabaixo, que fazia as vezes de orquestra, atacar o prefixo com força, um prelúdio de tango, que, naquelas terras quentes da Bahia, era tão dissonante, inoportuno e extravagante quanto um sol que brilhasse à meia noite. Pedimos mais uma bebida ao nosso garçom, já que a noite prometia e haveria certamente outras novidades e extravagâncias pela frente.

A luz que caía sobre a nossa mesa e nos inundava com um clarão furta-cor era, para mim, esclarecedora por completo, além de bem-vinda. Deixava à mostra, ainda que por momentos, toda a face oculta de Abigail, aquelas partes do seu corpo alto e esguio que ela tentava esconder de mim como um menino tímido que se disfarça e não quer que os demais o percebam. A luz permitiu que eu observasse o quanto Abigail era, a seu modo, uma mulher bonita. Não tinha obviamente a beleza das modelos nem as formas curvilíneas das meninas que desfilam nas novelas de televisão. Os seus movimentos, um tanto rígidos e de propósitos incalculáveis, desafiavam a minha curiosidade pela plasticidade que eu desconhecia até então. Abigail era de fato um ser único e não podia ser medida pelos meus critérios. Eu ia ter que aprender a estar ao seu lado sem constrangê-la. Ou, quem sabe, sem constranger a mim mesmo por tê-la exatamente ali.

"Você reconhece o sujeito que está naquele canto?", Abigail me perguntou, a certa altura do show, inclinando-se apenas o suficiente para não deixar que os vizinhos nos ouvissem. O espetáculo, agora, ia pela metade. O primeiro tango já tinha sido tocado e, naquele segundo momento, um par de dançarinos se esforçava no palco para merecer os aplausos da plateia. A dançarina não podia deixar de exibir o par de coxas roliças, nos passes mais ousados, esticando as pernas para fora das fendas da minúscula saia, que exibia um rasgão estratégico de cada lado.

Na verdade, já estávamos todos cansados das seguidas repetições da dança e as bebidas começavam a produzir um efeito perverso nos consumidores. Reparando bem, havia vários deles cambaleando sobre as mesas, os copos nas mãos, numa pose cabotina de quem pede por uma esmola que demora a ser dada. Na certa, além dos coquetéis e das batidas, outras substâncias haviam sido servidas aos presentes a título de drinques.

"Acho que é o nosso amigo Ademar. Estou quase certo disso", eu disse, aproximando-me muito de Abigail e sentindo todo o perfume que vinha de seus cabelos. Só então reparei que eram cacheados numa certa altura e tão bem cuidados quanto os de Lídia, o que desmentia a versão criada por mim de que ela os penteava de uma maneira desleixada e pouco adequada.

"Você me espere aqui", ela me disse, já se levantando e se dispondo a ir ao encontro do nosso personagem. Sua voz tinha agora a tonalidade de uma ordem. Como mero coadjuvante, naquele jogo que eu não podia entender inteiramente, eu deveria ficar no meu lugar, como um boneco de pau, inerte e em silêncio.

Fiz exatamente o que me pediu Abigail e aguardei pelos acontecimentos. Nesse meio tempo, reparei que Ademar, ou fosse lá quem fosse, tinha se retirado para detrás do palco, num gesto que interpretei como se partisse de um empregado a mais da casa. Para lá também se dirigiu Abigail, apressando-se por entre as mesas, a bolsa de cordas sempre a tiracolo como se fizesse parte do seu corpo. Depois de desaparecer por detrás das grossas cortinas que a separavam do palco, Abigail passava a ser, para mim, um mito em busca de sua realidade. Por mais que eu quisesse, não poderia nunca imaginar qual era a sua intenção ao procurar o suposto bandido, o responsável direto por todo o meu azar enquanto turista abandonado pela sorte. Na minha cabeça, ficava apenas a lembrança vaga de um comentário feito por Abigail na tarde daquele dia.

Ela me havia confessado que trazia consigo, desde a sua chegada, inúmeros dados, relacionando o atentado a um grupo de pessoas por demais faladas no sul. Tais pessoas, obviamente, não podiam ser desconhecidas de quem, como ela, se valia da leitura de relatórios produzidos pelos setores de inteligência para atingir os seus objetivos. Eram indivíduos maus, que agiam sozinhos ou em companhia de comparsas tão ruins quanto eles. Viviam de extorsão e tráfico, e usavam garotas de programa para chantagear as vítimas. Ademar, certamente, era um desses cafetões. Já tinha passagens por demais conhecidas das polícias de outras praças e parecia trazer consigo um discurso mentiroso na ponta da língua para ser usado caso desse com os burros n'água. O seu relacionamento conosco e a sua súbita aparição em nosso apartamento explicavam toda essa tradição de facínora escolado.

Por instantes, a informação brincou em minha memória, misturando-se ao movimento da boate e me devolvendo às primeiras conclusões. Na verdade, Abigail não estava sozinha nem começara algum procedimento novo. Devia fazer parte de um grupo de profissionais de segurança, desses que se responsabilizam pela integridade física e existencial das pessoas que se sentem extorquidas pelas quadrilhas espalhadas ao longo do nosso litoral. Essas últimas se aproveitam das casas de espetáculo barato, como a Splendore, para estabelecer as suas centrais do crime. A partir dali, executam seus golpes e arrecadam o produto do roubo. Nada mais oportuno, para eles, que existisse um festival de cinema como o da Bahia, com todo aquele pessoal sequioso de bilheteria e fama, para facilitar ainda mais os golpes e permitir uma aproximação maior das vítimas.

A primeira ficha havia caído para mim e a ausência de Abigail não era mais uma incógnita. Na certa, localizara o bandido e iria entregá-lo às autoridades, no dia seguinte, depois de fotografá-lo com a sua câmera. Colheríamos, em seguida, o seu depoimento criminoso e trataríamos de dar o fora, conforme o combinado com o Doutor João Paulo. Pensar nisso tudo, com riqueza de detalhes e a certeza de êxito que só a presença de Abigail poderia garantir, me enchia, a essa altura, de um entusiasmo juvenil e gratuito. Eu ia me sentir liberto, finalmente. E devia estar tão feliz que nem mesmo reparei no que acontecia por detrás das cortinas.

Confesso que ouvi alguns estampidos muito parecidos com tiros, mas isso a minha pouca experiência com armas não poderia confirmar. Ouvi também o ruído de correria, bem atrás dos panos, um tumulto que acabou por se instalar por completo também no galpão inteiro, fazendo com que pessoas pulassem para os lados, numa pressa confusa, e se escondessem nas ruas laterais como se estivessem abandonando um barco em chamas. Apesar do pandemônio que iria durar por não sei quanto tempo, permaneci firme como uma rocha em meu lugar de origem, os olhos fitos no palco, de onde parecia ter brotado a confusão, o coração ansiando, como nunca, a presença de Abigail, que eu já considerava, àquela altura, um verdadeiro anjo da guarda, da minha guarda, que teria vindo dos céus só para me salvar das agruras daquele frege.

O fato de Abigail ser a mentora daquela confusão toda não tinha, para mim, a menor importância. Digo isso porque, tão logo ela me fez um sinal rápido, meneando a cabeça e me indicando que deveria correr para o beco que ficava mais próximo, tratei de me pôr a salvo, depois de passar um alentado sebo nas canelas e atropelar as mesas e cadeiras que encontrei pela frente. Ao final, estropiado e esfolado, nas pernas e nas mãos, me vi em pleno beco, de onde escorreguei rapidamente para uma das ruas que ficavam por perto.

Abigail não se fez presente nem me seguiu na empreitada. Deve ter preferido ficar com quem pudesse entender melhor o seu procedimento, acredito mesmo que de arma nas mãos e uma tranquilidade profunda no peito. A filha da mãe sequer arfava quando a encontrei na pracinha que ficava adiante, bem próxima à banca ambulante de bebidas que permanecia aberta ao público, apesar do adiantado da hora. Ao me ver, disse que estava à minha procura com alguma ansiedade, coisa que não demonstrava no semblante, em absoluto. Depois de tomar o primeiro gole da excelente batida de tamarindo que Abigail me passou, eu só pude responder que, da mesma forma, me preocupava com o seu paradeiro e já me preparava para voltar ao sobrado, onde pretendia ter uma noite de sono reparador, depois daquela mexida toda na boate.

Rimos, os dois. Não sei se por causa do alívio que a presença de Abigail, com o seu manto espesso, protetor e maternal, me causava, ou se em razão da batida de tamarindo que o balconista me informara ser o famoso "suor de nega", ganhador de não sei quantos prêmios internacionais de coquetéis. Em seguida, retornamos quase de braços dados ao sobrado, lamentando não termos assistido ao tal show que prometia novidades nunca vistas pelo público. Aquela tinha sido uma noite fantástica, inesquecível. Tão fora da curva quanto a figura de Abigail, que o meu íntimo só agora me pedia encarecidamente para chamar de Bia.

Para mim, ela poderia ser perfeitamente a figura materna que surgia de maneira recorrente em meus sonhos e relatos. Poderia ser, em contrapartida, coisa muito pior que isso, conforme me alertara o Doutor Elias, meu antigo analista. A Bia que andava à minha frente, alegre e falante como um passarinho que pisa o calçamento de pedras, indiferente aos desvãos do terreno, parecia desafiar todo o meu arcabouço de sujeito burguês e classe média, metido a bem resolvido e realizado. Sua presença não tinha absolutamente nada a ver com o hotel seis estrelas em que eu me escondera, com toda a minha decadência, nos últimos dias. Ao contrário, tinha o cheiro bom das coisas místicas da Bahia e parecia mais saída da Lagoa do Abaeté, que tem águas escuras e areias brancas, na lição de Caymmi. Ela poderia caminhar para cima de mim e me mostrar o que eu sempre fora de verdade. Um imaturo, um Zé Piegas, infantil e mimado em meus enfados.

Um menino. Perdido, ali, em meio àquele caos de pedrinhas mal assentadas, que um novo rico ridículo qualquer lamentaria estar sob os seus pés, eu era um menino. Não me lembrava mais das minhas crenças fascistas nem queria mais voltar para lugar algum no "Sul maravilha". Bia, só Bia à minha frente me interessava desde então. Só ela me devolvia a alegria perdida, a mesma que eu enterrara covardemente bem embaixo das minhas fobias e dos meus medos, cobrindo-a com o véu impermeável da vida burguesa. Por pouco não liguei, ali mesmo, para o Doutor João Paulo, agradecendo o presente inédito e por pouco não cantei de pura alegria algum samba nostálgico. Tive vergonha da Bia, que sequer me deu a atenção que eu me acostumara a receber com enfado, no nosso trajeto de volta ao sobrado. Para ela, era tempo de nos recolher, cuidando para que, no dia seguinte, nada disséssemos a respeito dos acontecimentos da noite. Que eu me compusesse, portanto, com as minhas ideias e pensamentos inúteis e não deixasse que a minha filosofia burguesa de sulista metido a besta atrapalhasse os seus planos de nos pôr definitivamente a salvo de tudo aquilo. Bia confiava em mim, estava na cara que confiava. E isso me enchia de orgulho, como o menino que consegue finalmente concluir a lição de casa, apesar de todas as ressalvas e reclamações da professora.

18.

O sol se ergue e se põe às mesmas horas, todos os dias. Sábias as palavras do Eclesiastes, suficientes para explicar muita coisa, inclusive o que de fato aconteceu na boate, na noite anterior. Alguém morrera. Pelo menos, era essa a notícia que nos chegava da delegacia, aonde fomos mais em razão de um pedido feito, anteriormente, pelo delegado. Afinal, já podíamos ser considerados amigos da autoridade maior encarregada das investigações. Mantínhamos com o delegado o que poderia ser considerada uma relação amistosa e de franca cooperação e com ele compartilhávamos as boas e más notícias. Por isso mesmo, não éramos mais malvistos pelas autoridades. Ao contrário. Colaborávamos com elas e queríamos, a todo custo, entender o que acontecera afinal.

Além do tal Ademar, outro sujeito que parecia fazer parte da gangue foi alvejado por tiros. Aliás, recebeu dois tiros, pelo jeito, disparos mortais. Não houve tempo de os socorristas prestarem quaisquer cuidados, já que a sua morte foi seguramente rápida e imediata.

Caiu duro, o tal sujeito, conforme nos explicou o perito contratado às pressas pela delegacia, numa linguagem crua e cheia de expressões obtusas. Sem disfarçar o hálito estragado pela bebida, o improvisado profissional não tinha certeza de nada. Preferia conjeturar diante dos fatos, o que só servia para complicar ainda mais as coisas e aumentar as dúvidas da polícia em torno do acontecido.

“Os caras foram mortos por profissionais. Acredito que assassinos contratados por gente de fora. Aqui, no Arraial, não existe esse tipo de bandido”, o improvisado legista argumentava, sem deixar de ter a sua dose de razão. Os tiros foram certeiros, e os dois sujeitos estavam mortos, bem mortos, mesmo antes da chegada do socorro. Daí a suposição de que ambos tinham sido abatidos por profissionais do crime, talvez numa providencial queima de arquivos.

“Essa gente só serve para tirar o nosso sossego. Ela e a merda desse festival de cinema, que põe todo mundo doido e arrasa com o nosso turismo e a nossa fama de anfitriões educados”, o delegado lamentava, sem se importar com o tom ácido de suas críticas. Ao seu lado, Abigail, agora, era uma espécie de conselheira. Apontava novos caminhos para as investigações e insistia, ao mesmo tempo, em afirmar a minha inocência naquilo tudo.

"Toda investigação começa sempre do zero. Não sabemos quem são os culpados e parece que não teremos respostas, já que os caras são seguramente de fora. Tentar levantar as suas identidades, por outro lado, é tarefa inglória. Significa na verdade achar uma agulha num palheiro", ela dizia.

Pelo que pude perceber, Abigail punha um fim às especulações, antes que pudessem transbordar a verdade. Tinha o imediato aval do delegado, que já demonstrava certo cansaço diante do acontecido. Afinal de contas, as duas únicas testemunhas do crime do hotel seis estrelas tinham sido mortas numa disputa aparentemente banal, acontecida numa espelunca. E o que era pior: bem nas barbas da polícia e sem que se fizesse nada, no sentido de impedir que os dois arquivos fossem queimados. Por ele, Bia e eu já estaríamos longe a essas horas, sem nos preocupar com o desenvolvimento do caso. O que o impedia de nos livrar de imediato era a chatice do protocolo. Necessariamente, teríamos de prestar novo depoimento no inquérito, já que as autoridades, agora, pareciam ter entrado num beco sem saída.

"De repente, você se transformou na única testemunha do caso", Bia me adiantou, assim que chegamos ao sobradinho do centro, olhando para os lados, com receio de tudo. O fato de termos testemunhado as mortes dos dois sujeitos na boate era um segredo que devíamos conservar a sete chaves e de comum acordo. Por causa desse segredo, exatamente, foi que deixei de perguntar qualquer coisa a Bia. Eu gostaria de saber, por exemplo, por que motivos ela me levara à tal espelunca e se já era do seu conhecimento a presença dos caras ali. Além disso, eu não sabia de nada a respeito da ocorrência das mortes, se elas se sucederam pelos tiros ou por outra forma qualquer. E principalmente se Bia tinha alguma coisa a ver com aquilo. Tudo isso, obviamente, eu guardava comigo, como quem guarda uma joia preciosíssima.

Depois desses acontecimentos, passei a ver Bia como quem vê uma simples mulher. Uma mulher bonita, eu dizia para mim, feliz por ter merecido do Doutor João Paulo, meu geriatra, aquele obséquio raro. Bia trouxera algo diferente para a minha vida. Trouxera a sua rigidez e a sua maneira silenciosa de solucionar os meus problemas como se dela fossem. Quebrara, num piscar de olhos, a casca grossa da burguesia e da monotonia que envolvia a minha existência, jogando-a noutra dimensão bem mais saudável e repleta de prazer. Viver, a partir de Bia, passara a ser uma atividade de risco que ativava, com força, todo o meu organismo. Numa hora, eu sentia medo, noutra, impotência absoluta, nua e crua, e tudo isso eu só podia dizer que era muito bom. A minha velhice agradecia e estava pronta para novas aventuras. Afinal, eu não sabia o que poderia acontecer conosco nas próximas horas e a incerteza me deixava ansioso para que esse tempo viesse repleto de mais aventuras.

Entrementes, eu passara a ser um sujeito que reparava em tudo. Tinha deixado de lado a mania de desconsiderar a realidade que me cercava e, como diria a Lídia, minha mulher, abandonara aquele ar de enfado que me caracterizava, sempre cansado e sempre de saco cheio com as coisas à minha volta. Também, pudera. A minha vida era cercada de coisas já vistas, pensadas e cuidadosamente projetadas. Minha vida era um grande plano estratégico a se realizar proximamente, sem deixar rastro de nada atrás de si. Uma perfeição inútil e, por que não, idiota, eu diria. Uma viagem pelos cenários antigos da minha existência, cheia de inteligência e de previsibilidade, só servia para tornar ainda mais obscuros os meus dias. A política era uma chatice, a religião não existia, a minha suposta literatura já tinha ido para o vinagre, há muito tempo, e a minha filosofia de vida, se é que existia uma, não passava de uma opção pelos menus de fins de semana, quando Lídia e eu, nos debruçávamos sobre os cardápios dos principais restaurantes de Belô.

Um imbecil gastronômico, nada mais que isso, eu pensava, enquanto dava tratos à bola para conhecer os pormenores do laudo pericial preparado às pressas pelo pessoal contratado pelo delegado. A mim interessava, principalmente, o calibre das balas usadas pelos atiradores. Digo “atiradores”, no plural, porque a Bia já tinha levantado a dúvida. Se dois caras morreram, seria razoável acreditar que poderia perfeitamente haver dois atiradores no cenário.

Coincidentemente, os dois pobres coitados, morreram graças aos efeitos de várias balas calibre trinta e dois. Um deles, se não me engano, levou também alguns balaços de trinta e oito, mas não suficientes para matá-lo. Era muito misterioso que houvesse tantos revólveres sendo usados nos crimes. Duas balas, saídas de um revólver calibre trinta e dois, atingiram os dois no peito, numa região letal, e isso os encaminhou direta e rapidamente para a morte. As balas que vieram depois apenas completaram o serviço. Pode até ser que tenham sido disparadas com as vítimas já mortas, fato que torna o acontecido ainda mais estranho e inédito.

19.

Aparentemente, as mortes não estão relacionadas ao festival, que caminha de vento em popa e deve terminar na semana que vem. Os crimes têm viés direto com a queima de arquivos, uma vez que, no meio daquele tumulto todo, o atirador escolheu exatamente as duas testemunhas do nosso caso. Sem elas, o acontecido torna-se um tecido urdido numa trama rocambolesca, própria dos pastelões levados nos teatros de subúrbio. Um delegado perdido, um grupo de policiais que conversa o tempo todo sem chegar a conclusão alguma e uma mulher que sobrepaira a todos, com a sua inteligência e o seu charme, e tenta distribuir o trabalho do modo como ele deve ser feito, eis o que vejo à minha frente, depois de muito meditar em meu quarto. Bia retirou-se para o andar de baixo, sem antes deixar de me recomendar cautela. Não devo sair à rua, enquanto persistir o clima de indefinição e de perplexidade que assola a delegacia, incluindo os dois sujeitos contratados a título de peritos criminais. No fundo, não passam, os pobres coitados, de dois neófitos provincianos, tropeçando nas inúmeras dúvidas e na incompetência, debruçados sobre os corpos, no morgue também improvisado nos fundos da delegacia. Não sabem por onde começar o relatório e se dão por satisfeitos em afirmar que os caras eram certamente de fora e nada tinham a ver com a Bahia.

Bia foi vê-los, quando iniciavam o trabalho de recortar os corpos, e os orientou quanto às balas encontradas nos órgãos internos. Para ela, o atirador era um só e se revelava, pelo traçado dos projéteis, um exímio profissional do tiro. Só podia ser mesmo um especialista que vende os seus serviços nas grandes cidades. Contudo, saber quem realmente eram as vítimas, a real identidade de Ademar e do outro sujeito que também morreu no tiroteio da boate Splendore, de onde vieram e o que faziam no Arraial naqueles dias eram outras questões ainda mais difíceis de ser desvendadas.

Naquela noite, fui para a cama mais cedo. Li a revista que Bia gentilmente me trouxe, detendo-me nas notícias e nos comentários sobre a política em Brasília, que parecia pegar fogo, às vésperas das eleições presidenciais. A leitura feita na cama serviria para afugentar para longe as sensações ruins do dia, o medo nascido da desconfiança nas intenções das autoridades e o desejo puro e simples de fugir de vez e considerar aquilo tudo uma página virada, mesmo que me custasse algum transtorno futuro. Em Belo Horizonte, eu seria apenas um cidadão a mais que voltara da praia, enfadado e sem querer olhar às suas costas.

Lentamente, a noite morna da Bahia me acolhia e peguei no sono, não sem antes fazer minhas orações, rogando para que toda aquela situação estranha que me cercava tivesse um fim. Acordei, minutos depois, com o matraquear sinistro de uma velha máquina de costura, seguido de estampidos de arma automática, e levei algum tempo para me posicionar em meio aos ruídos. Eram muitos, aliás. E vinham de todos os lados. Tudo como se um helicóptero estivesse sobrevoando o sobrado e jogando coisas sobre as nossas cabeças. Ao invés de ligar os fatos ao risco que corríamos, abri a porta do quarto e gritei para Bia, que dormia no andar de baixo. Não foi necessário fazer muita força. Bia já estava à minha porta, a camisola de renda deixando à mostra o seu corpo de inúmeros músculos, alheia ao que pudesse ser uma impudicícia. Pelo menos, era isso que me ocorria pensar naquele momento de aflição, um momento que custei a entender em toda a sua extensão.

"Entre no banheiro, entre no banheiro", ela gritou como quem grita com uma criança descuidada. "E não saia de lá até que eu volte", Bia continuou a se dirigir a mim como se eu fosse um idiota qualquer, sem se importar nem um pouco em me magoar com as suas palavras.

20.

Fui para o banheiro, estiquei-me todo no chão de ladrilhos e aguardei pelos acontecimentos. O matraquear escandaloso da máquina de costura parecia ter cessado do outro lado da parede, deixando-me a sós e em silêncio com os meus medos. De repente, me ocorreu que aquele barulho poderia ser o de tiros. Para mim, que sempre desprezei o manejo de armas, o matraquear poderia ser, pelo jeito, o de uma arma automática, daquelas que a gente vê nos filmes, capaz de cuspir não sei quantas balas por minuto.

Tiros para todos os lados. E eu esticado feito um sapo morto no chão do minúsculo banheiro do quarto, o coração agitado, batendo forte no peito e cheio de maus presságios. Na certa, os bandidos estavam à nossa procura. Por causa do papo arrevesado e cheio de insinuações de Bia na delegacia, tinham marcado um encontro criminoso conosco e nos procuravam para mais um acerto. Iriam nos matar, era o mais provável. E para tanto tinham contratado um grupo seleto de bandidos, daqueles que só usam metralhadoras de última geração para finalizar as suas encomendas. Os caras estariam, a essas horas, recarregando as suas armas lá embaixo e, em mais alguns minutos, viriam escada acima para me encontrar indefeso como uma criancinha de jardim de infância. Restaria, então, completarem o seu intento criminoso. Como eu era uma testemunha do caso, mesmo sem ter visto nada, os filhos da puta queriam me mandar para a terra dos pés juntos, conforme fomos alertados por um dos policiais, Bia ao meu lado com um olhar indiferente, fingindo certamente que não era com ela que o agente falava.

Meu Deus, que grande merda a decisão de permanecer no Arraial depois do acontecido no hotel, ali, bem nas barbas dos bandidos, oferecendo a eles total facilidade de me aviar em definitivo. Grande burrice, enorme asneira, uma decisão das mais infelizes e covardes. Deveria ter enfrentado o delegado e não ter feito um acordo tão miserável com o sujeito. Que, aliás, não passa mesmo de um incompetente e um grande bundão, incapaz de oferecer a mínima segurança a quem quer que seja. De repente, sobrava a mim a tarefa inglória de permanecer deitado de bruços no chão frio do banheiro até que aquilo tudo cessasse. Quer dizer, até que o matraquear de tiros silenciasse e Bia surgisse para me salvar. Não seria, para mim, surpresa alguma se abrissem subitamente a porta e me metessem o cano frio da metralhadora goela abaixo. Eu morreria de maneira tão vil, tão covarde. Sem qualquer reação. Pisado e prensado como um verme junto ao piso, as entranhas de cor indefinida espalhadas pelo assoalho de ladrilhos e o sangue espirrado nas botas dos algozes. Deve ter sido por isso que não ouvi mais o matraquear agourento dos tiros. Também não ouvia a voz de Bia nem o barulho que vinha da rua, do *footing* lá de fora, da feirinha de souvenirs, entrando pelos meus ouvidos. Eu lamentava em silêncio. Uma vergonha. Uma triste e escabrosa vergonha. Os meus lamentos não tinham fim, a partir daquele momento. E só iriam cessar quando Bia surgisse, finalmente.

Finalmente, alguém entreabriu a porta do banheiro como quem pretende dele fazer uso e me perguntou com uma voz mansa que me transportou imediatamente para outra dimensão do universo: "Tudo bem com você?". Era Bia. Puta merda. Só podia ser a Bia com as suas nuances e os seus vieses estranhos, desconhecidos e desconcertantes.

"Estou ótimo", eu disse, mentindo escandalosamente e disfarçando a ansiedade, com medo de que ela soubesse o que de fato havia ocorrido. O meu corpo havia acabado de enfrentar os últimos tremores, ainda balançava feito vara verde, eu devia estar pálido como um boneco de cera e lutava desesperadamente contra a adrenalina que ainda passeava por dentro de mim como a água que jorra pelos buracos de uma velha mangueira. Havia anos que eu não enfrentava qualquer perigo, já que a minha boa vida burguesa foi sempre repleta de mil cuidados.

Lembro-me, a propósito, da última vez em que estive numa situação de perigo. Uma menina, uma indecorosa e maléfica menina, uma tal de Tatiana, havia furtado o dinheiro que a nossa pobre mãe conservava na caderneta de poupança. Nós, da família, contratamos um delegado de ocasião para cuidar do crime. Prometemos a ele metade do dinheiro que conseguisse reaver e tratamos de ficar de longe. O sujeito tinha uma forma heterodoxa de lidar com os criminosos. Entrou em contato com a tal Tatiana e a ameaçou de cometer alguma selvageria. Iria tomar uma atitude extrema, obrigando-a a nos devolver o dinheiro furtado. Estava tudo muito bem combinado e montado. O diabo é que a menina trabalhava para uma quadrilha de traficantes, que a utilizavam como aviãozinho. O dinheiro roubado tinha sido destinado ao pagamento do vício e eles não poderiam atendê-la por causa disso. O pagamento tinha sido feito e o dinheiro não estava mais ao nosso alcance.

Por uns dias, pensei em abandonar os cuidados e resolver por conta e risco a empreitada. Pensei em me armar, com o revólver que o meu pai me deixou, e ir atrás da Tatiana. Ninguém ali me conhecia e eu poderia, como nos bons filmes de Hollywood, atacá-la à noite, num momento em que saía para a entrega da droga aos viciados. Ela utilizava uma velha bicicleta e não guardava maiores cuidados. Eu me aproximaria, então, sem deixar que a noite me revelasse e lhe meteria uns dois ou três tiros à queima-roupa. De preferência pelas costas, na altura do peito. Ela certamente sucumbiria e eu não precisaria mais conviver com a angústia e a frustração que a impunidade pelo crime me trazia. Minha velha mãe estaria vingada e o mundo ficaria livre de Tatiana, uma bandida, sórdida e disposta a pular de um crime ao outro, atacando quem encontrasse pela frente. Não sei se a vingança me deixaria em paz comigo mesmo. Talvez não. Não sou crente. Apesar dos esforços, nunca acreditei em uma justiça divina. Justiça, para mim, nada mais é que uma resposta possível a uma violação qualquer. Vinga quem é forte e tem possibilidade de fazê-lo. Mais nada.

A covardia, como de costume, me impediu de agir daquela forma. Guardei o rancor e o revólver e mastiguei a raiva e a decepção em ver a minha mãe privada de sua caderneta de poupança. O parco dinheirinho que o meu pai lhe deixara tinha desaparecido nas mãos da meliante, e a impunidade reinara uma vez mais. A polícia, como de costume, não ia fazer mais nada a não ser anotar o incidente. Quando me lembro do caso, um frio cortante perpassa a minha alma. O fato de o dinheiro ter sido ajuntado pelo meu pai, e não por mim, fez com que eu agisse daquela maneira infame.

Agora, eu estava de volta a uma situação de perigo iminente. Estava deitado de bruços, no chão frio do banheiro, que rescendia a cloro. Do outro lado da porta, a voz de Bia me chamando para fora era a de uma mestra que procura o seu dileto aluno. Senti no seu chamado uma entonação disfarçada. Bia, na certa, tinha tomado um tiro e despistava. Estava ferida, estava talvez próxima da morte, e necessitava com urgência da minha presença para levá-la ao médico. Com esses pensamentos todos na cabeça, abri a porta e encarei a realidade.

Bia, agora, era cuidadosa em me falar do ocorrido. De acordo com ela, era tempo de sairmos devagar, descer as escadas e procurar por alguém no calçadão da rua. Ela precisava terminar não sei o que, um trabalho, pelo visto. Precisava ter uma visão melhor do acontecido, por isso tinha que até a rua e vistoriar a área. Diante do tom enfático de sua ordem e do modo como me conduziu pelas mãos até o primeiro lance de escada, pressenti que algo de muito sério havia acontecido. Foi por isso, aliás, que eu pensei em nada discutir, mas apenas seguir a minha protetora, em silêncio e sem demora.

Na rua, havia um carro parado e mais nada. Parecia ter sido arrombado, uma das portas estava amassada, tudo como se o carro tivesse batido nalguma parede antes de parar bem à nossa porta. Reparei também que havia buracos, muitos buracos, nas laterais do carro, que pareciam ter sido feitos com algum instrumento perfurante. Bia não quis que eu observasse o carro mais de perto. Pediu-me que permanecesse na sala do sobrado. E que aguardasse pelo seu retorno.

Até hoje, não sei dizer se havia ou não gente no interior do carro. A noite não era das mais claras e a escuridão me impedia de saber o que se passava afinal. Percebi apenas que Bia vasculhava, nervosa, o interior do carro. Vistoriava a parte de trás do veículo e o porta-malas como se pretendesse ocupá-lo. Nisso, parecia mancar de uma das pernas, a direita para ser mais preciso. Na certa, se machucara durante a invasão, se é que eu podia considerar aquilo tudo uma invasão mesmo de domicílio, feita altas horas da noite, com algum fim específico. A minha ignorância dos fatos, como de costume, era enorme, e me guiava como um cego por uma avenida de muito movimento.

"Agora, você pode voltar para o seu quarto, enquanto eu arrumo as coisas por aqui", Bia me disse, ao voltar para o sobrado, depois da vistoria no carro. Reparei que havia manchas escuras também no jeans apertado que vestia o seu corpo esguio. Seriam marcas de sangue, eu me perguntava sem querer levar muito longe a minha curiosidade. Alguma coisa me dizia que eu devia manter a discrição e, sempre que possível, fechar os olhos para tudo. Em obediência, retornei ao meu quarto e me dispus a retomar o meu sono. Passava das duas horas da manhã e, lá de baixo, vinha o som do automóvel movendo-se vagarosamente em direção à praia. Na certa, Bia tinha se encontrado com algum parceiro ou coisa que o valha e tratava de dar um fim ao atentado da noite.

21.

Fiquei sabendo, também, que o tiroteio da noite, que terminara com a morte de dois desconhecidos em pleno centro comercial do Arraial, nada tinha a ver com o festival de cinema. Por força de suas ramificações e perfis, os crimes passaram para a esfera federal. Pelo jeito, havia droga, muita droga, de procedência desconhecida, no caso, o que tornava todo o inquérito um problema de responsabilidade da União.

O Doutor João Paulo, que andava sumido, apareceu subitamente, falante e preocupado. Pediu, encarecidamente, que eu apoiasse a agente Abigail, de maneira irrestrita. Ele tinha a impressão de que, agora, com a entrada dos federais no caso, o final se anteciparia. Retirariam o meu nome do inquérito e me mandariam para casa, disso, ele estava certo. Como um mal que vem para bem, o fato de estarmos lidando com traficantes de grande periculosidade e magnitude era ótimo para afastar de mim as suspeitas das autoridades. Estava o Doutor João, ademais, em contato direto com os federais, uma vez que conhecia um dos delegados encarregados do caso. Já tinha conversado com ele a respeito, e o sujeito julgara ser um equívoco manter um cidadão como eu preso a um inquérito que não andava. Agora que os federais estavam à frente de tudo, a coisa se resolveria facilmente.

Essa boa nova, transmitida por meu médico e sobrinho dileto, durante a ligação pelo celular, teve o condão de me apaziguar por inteiro. Comecei a me sentir mais leve e menos burro por dentro e passei a aceitar as instruções do Doutor João Paulo, a partir dali, sem discutir nada. Eu deveria continuar ouvindo e seguindo as recomendações de Bia, apoiando-a em tudo que ela precisasse. No fundo, a única coisa que eu queria era me pôr a salvo, o mais rápido possível, daquela situação embaraçosa em que me metera. Os tiros que eu ouvira na noite passada, aliados ao ferimento mal disfarçado de Bia, me levavam a desejar a liberdade como um pássaro preso a uma gaiola. Sem ter para onde ir e com os passos controlados como os de uma criança, eu sonhava com o meu passado burguês, feito de muito ócio e muito vagar.

O sobrado era uma prisão e, na versão sempre otimista do Doutor João Paulo, a única coisa a fazer era aguardar pelo chamado da Polícia Federal. Colheriam um rápido depoimento e me liberariam em seguida, diante dos fatos que haviam se precipitado nas últimas horas. Disso, o doutor tinha absoluta certeza.

22.

A entrada dos federais nas investigações não tardou a produzir efeitos. Em pouco tempo, um ex-delegado de polícia foi preso, sob a suspeita de se tratar de um refinado e violento gigolô. O sujeito usava as suas vítimas, prostitutas jovens e bonitas, como chamariz para extorquir pessoas influentes. O golpe era simples e prático e já teria rendido uma fortuna à dupla. A menina que morrera na pousada seis estrelas, com toda a sua beleza de Afrodite e suas formas exuberantes, atraía a vítima para um programa e, assim que o infeliz se via enredado na trama, que incluía o uso de drogas pesadas, ela começava imediatamente a extorqui-lo. Artistas, políticos e autoridades, de modo geral, estavam envolvidos e já tinham, de uma forma ou de outra, pagado pelo silêncio dos bandidos. Por causa de um desentendimento em torno do dinheiro obtido na prática criminosa, típico de situações como aquela, a ideia de eliminar a moça surgiu na mente perturbada do ex-policial. Quanto aos detalhes da execução e os personagens nela envolvidos, a Polícia Federal não tinha como reconstruir a cena. A maior parte dos comparsas estaria morta nas escaramuças ocorridas entre eles mesmos. Sabia-se também, a essa altura, que pelo menos dois grupos disputavam pontos de distribuição das drogas na região.

O delegado federal que me atendeu fez questão de mostrar pormenores dos crimes que eu não conhecia. Ele adiantou, por exemplo, que os peritos tinham feito um levantamento criterioso das coisas estranhas acontecidas na noite anterior, no Arraial, e tinham chegado à conclusão de que haveria um elo qualquer entre os crimes. Sabiam, ainda, que, na madrugada, um carro com placa do Rio de Janeiro, que parecia ter sido atingido por diversos tiros, teria sido empurrado para dentro do canal que separa o Arraial da cidade. Alguns pescadores haviam esbarrado no veículo, naquela madrugada, quando saíam de barco para o trabalho. Não saberiam dizer se havia ou não corpos dentro do carro, coisa que só mesmo o destacamento de homens-rãs que viria de Salvador, na próxima sexta-feira, poderia confirmar depois das buscas no local. De qualquer forma, um dos peritos, o chefe do grupo, jurava de pés juntos que, dentro do automóvel submerso, estariam certamente os dois sujeitos que desapareceram misteriosamente do hotel onde estavam hospedados. Tinham chegado do Rio naquela tarde e traziam consigo embrulhos bastante suspeitos em suas bagagens.

Além disso, a perícia havia coletado provas de que algumas pessoas tinham presenciado um tiroteio com o uso de metralhadoras, bem no centro do Arraial, na madrugada. Ninguém sabia como teria terminado o entrevero, mas alguns anotaram a saída apressada de um carro da cena do acontecimento. Chegaram a afirmar, sem provas, que o carro sinistro era dirigido por uma mulher.

A essa altura, eu estava curioso em saber por que motivos o delegado não me perguntara por Bia. Ele tinha conhecimento de sua presença e poderia checar qualquer informação que eu lhe passasse com o pessoal da delegacia, onde Bia tinha sido vista por diversas vezes. Além disso, ela estivera no sobrado, em pleno centro da cidade, contra o qual partira uma saraivada de tiros de metralhadora. A sua presença, sempre ao meu lado, como minha declarada protetora, conspirava, inequivocamente, contra mim.

Somente depois de passados três dias, pude compreender por completo o que acontecera e quais eram os motivos da nova versão plantada pelos depoentes. Segundo eles, Bia era uma mulher que fazia o papel de minha acompanhante, só isso. Nada tinha a ver com aquilo, já que trabalhava com roteiros turísticos no Rio de Janeiro, onde residia de fato. A sua ausência ali devia-se ao fato de ter ela regressado ao Rio, onde a esperavam a família e os amigos. Nada havia, portanto, a anotar de extraordinário quanto à sua presença na cena do crime. Por outro lado, o fato de o delegado federal ser amigo íntimo do Doutor João Paulo ajudava a explicar muita coisa. O delegado tinha parentes que foram, num passado recente, atendidos pelo meu geriatra, e dizia a todos que devia ao médico grandes favores. Além disso, a presença de Bia não lhe era desconhecida. Enfim, todo mundo ali parecia comer no mesmo prato, de forma tal a me beneficiar por completo.

Naquela noite, imaginei poder finalmente dormir com os anjos. Estava tudo resolvido, a contento, e a Lídia chegaria nos próximos dias, assim que os afazeres na nossa empresa, em Belô, lhe permitissem. De minha parte, eu estava livre. Livre dos inquéritos e livre de outros compromissos menos sérios, e isso me trazia um grande alento. A vontade que eu tinha, naquela noite, era de sair despreocupadamente e sem me importar com mais nada. Andar, passear pelas praças e ruas do Arraial, como quem apenas levita no universo à sua volta. Ou, como dizia Caetano, naqueles versos, num dia de muita inspiração: sem lenço e sem documento. O mundo era mesmo maravilhoso e o elã vital corria em minhas veias de novo. Tudo era muito bom e cheirava tão bem quanto os temperos da minha querida Bahia.

23.

Até hoje, não sei descrever com precisão o que ocorreu naquela noite. Na verdade, eu simplesmente flutuava por uma das ruelas do Arraial, a atenção posta na beleza singela do casario, ao mesmo tempo em que saboreava o clima da Bahia, aquele calor balsâmico que envolve o nosso corpo e nos enche de preguiça. Afinal, foi aquela natureza agreste que fez Caymmi produzir as suas melhores canções. E, da mesma forma, realizara a cura um tanto milagrosa de José de Anchieta, quando de sua vinda ao Brasil, nos primórdios da nossa história. Para nossa sorte, como brasileiros, a Bahia iria continuar atraindo e maravilhando os turistas estrangeiros.

Um carro surgiu à minha frente. Vinha da praia, pelo visto, e não passava de uma interferência estranha ali, numa rua tão apertada, onde mal cabiam os transeuntes. No entanto, o carro parecia decidido a ir em frente. Deslizava em minha direção como se não tivesse freios ou coisa parecida e a sua aceleração podia ser ouvida à distância. O motor do carro certamente não era dos mais novos e reclamava uma retífica.

Quando se aproximou de mim o bastante para que eu reconhecesse o motorista, alguém de dentro do carro disparou em minha direção. O impacto do tiro me jogou para trás e me fez cair de cócoras na sarjeta. Eu havia sido atingido na altura do peito. E começava a sangrar como um porco dependurado num açougue, um sangue escuro e espesso.

A sorte não acode os que não a merecem, diria meu velho pai, se me visse jogado ao solo, as roupas manchadas pelo sangue, pronto para ser morto pelo segundo disparo. Se o atirador tinha sido tão preciso no primeiro tiro, melhor seria no segundo e nos próximos que viriam fatalmente. Ainda mais naquele momento, em que eu jazia quase inerte. Não haveria para mim escapatória possível. Um pobre mortal escolhido pelos deuses do infortúnio. Seria esse o meu papel, ali, no passeio daquela ruela apertada de Arraial, os olhos já embaçados pela dor da ferida causada pelo tiro e a mente perdida entre a surpresa do ataque e a indecisão dos gestos. O que fazer, afinal? O que poderia ser feito?

Comecei a piscar com força e a mover, de maneira frenética, as minhas pernas, quando vislumbrei a silhueta de um corpo se abaixando para cobrir o meu, servindo-me como escudo e me apertando de encontro às pedras do calçamento. O segundo tiro, a exemplo do primeiro, foi desferido à mesma distância e tinha destino certo. Acertou nalguma coisa que estava sobre mim e me deixava a salvo, observando atônito o que se passava. Meus olhos continuavam embaçados pela dor e pelos obstáculos que se interpunham entre mim e o meu algoz. O escudo humano, contudo, continuava a me proteger. E tinha um cheiro bom como um pé-de-moleque da Bahia.

Acordei, horas depois, no Hospital Santa Terezinha. Alguém me apalpava os ossos da cabeça, osso por osso, procurando por fraturas, que, pelo visto, não existiam. Por um golpe de sorte, a bala tinha atravessado a lateral do meu tórax, sem atingir qualquer órgão vital, mas fazendo com que todo o meu corpo doesse. A dor era enorme, naquele momento, mas saber que eu gozava finalmente dos cuidados de um médico restabelecia a minha confiança na vida. Apesar de ferido com alguma gravidade, não seria daquela vez que eu iria me despedir do mundo. Algo ou alguém me salvara, interpondo-se entre mim e o atirador contratado para riscar do mapa a minha humilde pessoa. Pelo modo como o fizera, o meu desconhecido protetor deveria estar também ferido. Talvez de maneira até mais grave que a minha. No entanto, eu não conseguia saber se ele estava ali, no mesmo hospital. Na certa, fugira ou se deixara levar para outro lugar que não aquele, um lugar que o pusesse a salvo da polícia. Como das outras vezes, pairavam no ar inúmeras perguntas sem respostas. A diferença é que, agora, a polícia já sabia que eu era a vítima, e não o responsável pela tragédia que se abatera sobre nós.

Uma vez mais, de Bia não tive notícias. Nem mesmo através do delegado federal que se dizia amigo íntimo do Doutor João Paulo. Nas vezes em que me dirigi a ele, tentando levantar o assunto, mostrou-se logo reticente. Não sabia da presença de outras pessoas, no local do crime, e duvidava mesmo que pudesse ter ocorrido alguma falha nos relatórios da perícia.

"São muito criteriosos e precisos, os nossos homens encarregados de levantar as pistas", lembro que essas foram suas palavras, ainda no hospital, quando tive alta e retornei ao sobrado, escoltado por um policial, e ao lado de Lídia, que chegara ao Arraial, no dia seguinte ao atentado. Apesar da extrema dedicação do delegado federal à minha saúde e o seu interesse pelo acontecido, percebi certa preocupação de sua parte em não adiantar maiores esclarecimentos. Na verdade, o corpo de alguém sobre o meu, como um escudo, poderia não ter mesmo existido. Poderia ser apenas uma alucinação de minha parte, causada talvez pela fadiga e pelo estresse do atentado.

Já no sobrado, reparei que as coisas estavam em seus lugares e que Bia desaparecera sem deixar notícias. Como de costume, devia andar por lugares desconhecidos e, como dizia o Doutor João Paulo, reapareceria na hora certa, tal como fizera, por exemplo, no momento do atentado. Quanto a isso, eram enormes as dúvidas que o tiroteio despertara, sendo que o melhor que se podia fazer era esquecer os pormenores. O tal atirador da ruela estreita também não fora encontrado pela polícia. O lado bom é que minhas feridas se cicatrizavam rapidamente e Lídia não se afastava de mim. Por nada desse mundo, ela iria me deixar, conforme promessa feita, antes de retornarmos à pousada.

Nossa volta ao "hotel maravilha", guindado à condição de pousada seis estrelas pelo guia turístico do ano, tinha partido dos gerentes. Aliviados com a presença dos federais à frente das investigações e satisfeitos com as conclusões da perícia, os caras nos ofereciam, a Lídia e a mim, mais cinco dias de estada gratuita. Dessa vez, como um colorido desagravo pelo acontecido, que lamentavam profundamente, como tiveram a oportunidade de me dizer mais de uma vez, ainda no hospital. Uma vez encerrado o festival de cinema e contabilizados os prejuízos, não haveria mais nada a lamentar. Estávamos de volta à nossa vida, Lídia, eu, eles e o restante do mundo.

24.

De Bia, afinal, só fui saber dois dias mais tarde, quando o delegado me convidou, de maneira reservada, para ir à delegacia. Lá, faríamos as últimas recomendações e daríamos por encerrados os contatos com as autoridades. A burocracia do proposto não exigia a presença de Lídia. Em razão disso, consegui demovê-la da ideia de me acompanhar no encontro. Eu iria com o delegado, que havia me recomendado estar sozinho e me animava o tempo todo, tentando despertar o meu interesse pelo período extra de férias gratuitas.

Na delegacia, Bia me esperava com um discreto sorriso. Parecia um pouco mais magra, pormenor que despistava como de costume, cobrindo o seu corpo esquio com roupas mais escuras. Fazia calor e as roupas de Bia não colavam muito bem com o verão da Bahia.

A despeito disso, Bia continuava a me sorrir sempre que podia, cuidando para que o seu sorriso não extravasasse os protocolos policiais nem parecesse demonstrar grande júbilo. Competia a mim entender que aquilo não passava de um estudado gesto de educação. Era também encenada a sua cara de felicidade, que, para mim, parecia inundar o universo. Compreendi, afinal, que era ela o escudo humano que havia me protegido do segundo tiro, na ruela, no centro do Arraial. Vendo Bia, ali, imaginei que ela estava livre, finalmente, da discrição e da temperança e já podia soltar os seus demônios à vontade, graças à intimidade que parecia triunfar entre nós.

Fiz força para retribuir seu gesto amigo e abri para ela um sorriso. Abri também o meu coração, que, no passado, esteve tão repleto de bobagens e pequenas fobias. E, não contente com a minha entrega, abri a minha alma, em seguida, como não ousara fazer nos últimos tempos.

Além disso, não deixei de escancarar o meu íntimo e tudo mais que havia de recôndito em mim. Em seguida, um tanto arrependido, pedi-lhe encarecidamente que não houvesse, entre nós, gestos de infidelidade. Estou velho demais para isso e amo a Lídia, que, mesmo à distância, não deixa de torcer por mim e pela minha plena recuperação.

Em resposta, Bia me disse que deveria partir à noite e que não iríamos mais nos preocupar com nada já que são desnecessários, a essa altura, os serviços da agência. Não sei a qual agência ela se refere, mas estou certo de que o Doutor João Paulo saberá me dar essa informação, oportunamente.

É tempo de Bia se aproveitar da minha indecisão e da minha ignorância a respeito e nada me dizer a respeito de Lídia. Nisso, parece desconhecer completamente a minha aflição. Para ela, devo ser uma carta fora do seu baralho e a minha preocupação quanto à infidelidade soa, não apenas desnecessária, como também ridícula. Para o seu jogo, sempre fui uma carta solta, um ás sem muita valia, mas só agora consigo perceber. Afinal, a vida inteira fui muito burro para esse tipo de coisa. Bia irá mancando, despistadamente e de maneira sub-reptícia, para junto dos seus, que eu nunca tive o prazer de conhecer, e não pretende me ver novamente.

Ela diz que o seu contrato com o Doutor João Paulo previa essa saída de cena definitiva. Terminado o serviço, ela deve ir embora para sempre. Não sabe se poderá me ver novamente. Não seria recomendável para nós dois, me diz muito discretamente. Um dia, talvez, daqui a algum tempo. Isso, ela quase sussurra nos meus ouvidos, retomando, num segundo, o seu ar distante e profissional. Minha Bia é como um camaleão que muda de cor, a depender do momento. Uma hora, me trata com um carinho que nunca tive de ninguém. Outra hora, é aquela Bia que eu nunca conheci nem terei o direito de conhecer. Muda e impassível. Fria como uma noite de inverno em Ouro Preto.

Apesar de tentar disfarçar, noto que ela manca de uma das pernas, a direita, pelo visto. O tiro que seria dirigido a mim a atingiu na altura da coxa, deixando-a aleijada por um tempo. Jamais saberei como teve conhecimento do meu solitário passeio noturno, naquela viela sombria do Arraial. E como teria se jogado, com destreza invulgar, sobre mim, protegendo-me dos demais disparos com o seu corpo esguio e forte.

A despeito dessas dúvidas que se avolumam num tropel bravio em minha mente, nada me impede de dizer a Bia que eu a amo também e que este amor novo é só meu. Tento chocá-la dessa forma, confessando-lhe coisas que, penso eu, ela não esperaria ouvir jamais de um velho. Apesar da encenação um tanto calhorda que faço, ninguém, além de mim, pode ver nem falar desse sentimento. Somente eu mesmo, porque ele vem de um lugar desconhecido e não pertence ao mundo lá de fora. Com uma força descomunal que desafia os bons costumes e os deuses, esse sentimento se impõe a tudo e a todos. Impõe-se, até mesmo, à tralha modernista que o mundo me oferece. A mesma que, só agora, deixa de me ferir com a sua presença.

Ficamos em silêncio, por instantes, sem, contudo, olhar nos olhos um do outro, e eu aproveito para consultar a manhã lá fora. Descumpri, afinal, o prometido ao

Doutor João Paulo e toquei nas feridas do nosso acordo, mas não me sinto nem um pouco culpado por isso. O regulamento da tal agência deve proibir que haja algum envolvimento entre os contratados e o cliente, o que obriga a minha Bia a manter o silêncio. Por ela, penso eu, já que não pertenço a agência alguma nem devo favores ao mundo.

Não sei o que ela pensa de verdade. Para mim, ela diz que está tudo bem e que eu não lhe devo nada, absolutamente nada. Diz ainda que o tal regulamento proíbe que haja pagamentos ou bonificações fora dos contratos. Só posso imaginar que a minha Bia, a mulher que tanto enfeitiçou a minha vida cheia de enfados, me despertando de um sono burguês de muitos anos, não passa de uma ficção saída de um filme do Kurosawa que fala de xoguns e samurais. Tudo nela é secreto, cortante, rígido e doloroso como a lâmina afiada de uma espada Kenzo.

Ao meio-dia, o sol quente da Bahia ilumina de vez o Arraial com a sua escandalosa claridade. Estou feliz como nunca e me livrei, ainda que por pouco tempo, das horríveis peias que me prendiam ao meu mundinho indigesto. Bia se vai aos poucos, entreabrindo a porta da delegacia e se pondo no corredor que dá para a saída. Não me deixou um endereço ou um telefone e não quis receber, de maneira alguma, qualquer valor de minha parte. Disse que o Doutor João Paulo a pagou e repetiu que não tinha mais o que dizer a mim, exceto me agradecer por tudo e me desejar felicidades.

Retorno, como um estudante em férias ao hotel, e subo as escadas do nosso apartamento em silêncio, depois de obter do delegado federal a promessa de que o caso está encerrado em relação a mim. Não vão me fazer mais perguntas nem estão interessados em saber onde pretendo ir, depois de assinar o termo final das diligências. Confesso apenas que estou cansado e que preciso retornar para minha casa, onde me esperam o ridículo charme da burguesia, além da doce mediocridade da nossa vida doméstica. Só hoje percebo que sinto falta dessas duas faces da minha velhice.

Abro com cuidado a porta do apartamento e descubro que Lídia dorme o sono dos justos, o lençol cobrindo o seu corpo magro, que está de bruços. Por baixo das cobertas, os seus contornos revelam que a dieta fez bem às suas formas e ameaça trazer de volta as suas curvas, que, no passado, chegaram a ser a minha perdição. Amo a minha mulher e estou feliz por tê-la de volta bronzeada pelo calor e pelo mar da Bahia.

Bia se foi. A travessia e o sonho acabaram. Abro os olhos para a minha realidade e confesso a mim mesmo, antes de mergulhar de cabeça no suave recolhimento da tarde, que existe vida também deste lado. É tempo de dizer sem medo: bom dia, velhice!

***

O autor

Mineiro de Araçuaí, onde nasceu em 1946 e passou a infância, José Roberto Moreira de Melo é autor de 14 livros de ficção, três deles lançados este ano: "O Bicho de Pedra Azul", "Bom dia, velhice" e "O rabo entre as pernas". Ele estreou na literatura aos 43 anos de idade, em 1989, com "A Mansão Hollywood", coletânea de contos muito bem recebida pela crítica especializada. Em, 1990, venceu o Concurso Nacional de Literatura Cidade de Belo Horizonte, com o romance "Mistério em São Sebastião".

Nos anos seguintes, publicou a novela policial "Armação em Búzios" e as coletâneas de contos "Memórias execráveis" e "Contos do Vale", além de "Tempos de enfado", artigos que abordam temas relacionados à velhice, numa linguagem coloquial e bem-humorada.

Em 2021, começou a escrever novelas e romances que têm como cenário o Vale do Jequitinhonha, um projeto pessoal que visa valorizar e divulgar a cultura popular e a história dessa região, no norte de Minas Gerais.

A série é denominada pelo autor como "Jequitinhonha, e está prevista para ter dez títulos, dos quais seis já foram publicados pelo autor: "O Bicho de Pedra Azul" é o mais recente, lançado este ano, e tem como inspiração a criatura mística que se destaca no folclore do Vale. Os outros títulos são: "A Virgem de Gravatá", que conta a trajetória conturbada de uma família influenciada por uma crendice religiosa; O Rio das Araras Grandes", narrando a saga de Luciana Teixeira, mulher à frente de seu tempo, empresária e fundadora da cidade de Araçuaí, no século XIX; "Nanuque, o herói do Mucuri", um épico sobre a participação dos indígenas na colonização da região, ao lado do desbravador e empresário Teófilo Otoni; e "O último trem para Filadélfia", inspirado numa das muitas crônicas policiais da Estrada de Ferro Bahia-Minas, linha que, entre 1882 e 1966, ligava Araçuaí, em Minas Gerais, a Ponta de Areia, na Bahia, passando por Teófilo Otoni, então denominada Filadélfia, Carlos Chagas, Nanuque, Caravelas e Alcobaça.

Advogado tributarista, ex-professor e servidor de carreira aposentado da Receita Federal, José Roberto Moreira de Melo vive na capital mineira, Belo Horizonte, e atualmente dedica-se à literatura.

Made in the USA
Columbia, SC
03 December 2023